Libertà

Tome 2 :
Le réseau Drake

Eloïse Casbert

LIBERTÀ

Tome 2 :

LE RÉSEAU DRAKE

Eloise Casbert

ROMANCE

www.soromance.com

À Julien,

mon grand-père,

prisonnier au stalag IX-A

Prologue

Eugénie respira profondément et reprit calmement.

— Papa, je ne vais pas flirter avec tous les hommes du village. Je vais juste écouter les chants de Noël.

— Mais je ne veux pas que tu traînes dans les bars à ton âge.

— C'est de ma faute, si vous répétez vos chants dans un bar ?

Luca soupira. Comment faire entendre raison à sa fille ? À seize ans, belle et bien faite comme elle était, il devait faire attention à sa réputation. Et passer la soirée dans un bar, ça ne se faisait pas. Même pour écouter sagement les chants de Noël.

Sagement, en plus, rien n'était moins sûr, avec Eugénie. Elle lui rappelait tellement sa sœur Lisandra. Elle leur en avait fait voir de toutes les couleurs à l'âge d'Eugénie.

— Bon, alors, mon papounet chéri, je peux y aller ? Je resterai avec Piero et Ange. Ils me surveilleront.

Elle avait passé ses bras autour du cou de Luca, frottait sa joue contre la sienne comme un chat. Il se sentit fondre. Ils le savaient tous les deux. Ça marchait à tous les coups. Comme autrefois avec Lisandra.

— Bon, je vais en parler aux garçons. Mais tu restes à leurs côtés !

— Oui papa, assura Eugénie, les yeux sagement baissés sur une lueur de triomphe.

Lorsqu'elle rapporta la décision de son époux à sa belle-sœur, Marina leva les yeux au ciel et écarta les mains en signe d'impuissance.

— Elle le balade comme Lisandra, conclut Fiora.

— Tant qu'elle ne part pas sur le continent, ajouta Marina.

1
Les rois du textile

« Le commerce ne connaît pas la mort »
L'irrésistible ascension d'Arturo Ui
Bertolt Brecht

Par chance, les hommes de plus de quarante ans n'avaient pas été mobilisés. Si la guerre ne durait pas trop longtemps, Uguet[1] échapperait à cette horreur et ne risquerait pas de finir comme Giloun[2], son frère aîné, mort en 1917 sur le front.

Depuis l'été 39, l'usine de tomettes tournait au ralenti. Les gens n'avaient pas la tête à construire ou rénover alors que, du jour au lendemain, l'Apocalypse pouvait se déclencher.

Alors, malgré le contexte, Uguet avait décidé d'aller chercher des clients hors du Sud, loin de la Méditerranée. Il avait pris contact tout l'hiver avec de potentiels clients de Paris et du Nord. Il était convenu que le printemps venu, si la situation le permettait, il viendrait leur montrer ses produits.

Il avait donc confectionné un catalogue transportable. En effet, il n'était pas question qu'il amène une tomette ordinaire de chaque sorte, il lui faudrait une brouette pour

---

1. Diminutif provençal du prénom Hugues
2. Diminutif provençal du prénom Gilles

se déplacer ! Il avait alors réalisé des tomettes très fines, d'un demi-centimètre au lieu des deux habituellement nécessaires à leur solidité. Mais cette épaisseur les fragilisant énormément, il avait eu l'idée de mouler ses tomettes crues sur de la toile de jute. Les fibres de la toile incrustées dans la terre une fois cuite assureraient leur tenue. Les tomettes ainsi obtenues furent fixées grâce au tissu de leur dos sur des pages de carton fin.

Marie, la belle-sœur d'Uguet, y annota de sa belle écriture les références et les prix de chaque exemplaire. Ainsi fut constitué en quelques mois un catalogue représentatif de ce que la maison Jauffred de Salernes savait faire. Bertoun[3], un peu dépassé par l'ambition de son fils, admira le catalogue en connaisseur.

— C'est fantastique, fils, tu as mis la boutique tout entière dans un cahier de quelques kilos à peine.

Tant que ce n'était qu'une idée, un projet, Lisandra ne s'était pas trop inquiétée. Au contraire, l'élaboration du catalogue avait permis à Uguet d'intéresser Louis à la confection des tomettes. Il faut dire que Tonin, le fils de Giloun et Marie, montrait beaucoup plus de disposition pour le travail des pâtons de terre crue que son cousin. Uguet était partagé entre la fierté de voir son fils faire des études et la déception qu'il ne reprenne pas l'usine. Aussi, quand celui-ci s'intéressa aux procédés utilisés pour solidifier les fines tomettes du catalogue, le père reprit espoir. Même si ses études suivies à Toulon en semaine ne lui permettaient pas de participer à temps plein, comme Tonin.

On était au mois d'avril, les fêtes de Pâques étaient passées. Toute la famille Jauffred s'était rassemblée à

---

3. Diminutif provençal du prénom Albert

Salernes pour l'occasion, sentant que ce serait peut-être la dernière fois avant longtemps. Vittori[4], qui avait déjà perdu un fils en 17, craignait la mobilisation et ne dormait que d'un œil depuis juillet 39. Cette année 1940 avait vu se tenir pour le dimanche de Pâques un repas rassemblant presque autant de membres de la famille que pour le mariage d'Uguet et Lisandra, dix-neuf ans en arrière. Seuls les Leccia manquaient à l'appel. De toute façon, ils n'auraient pas pu venir. Petru[5], le père de Lisandra, était décédé. Battistu[6], son frère aîné, travaillait d'arrache-pied pour maintenir la famille à niveau, aidé de Luca[7], le second frère. Mais la famille Jauffred comptait déjà plus d'une douzaine de personnes. Lisabeu[8], la sœur d'Uguet, et son mari Yvoun[9] étaient venus de La Crau avec leurs enfants. Les quatre Anselme étaient des adolescents magnifiques et d'une rare complicité. Élevés dans le cadre naturel de l'embouchure du Gapeau, ils respiraient la santé. Seule l'ombre de la mobilisation planant sur Luca et ses dix-neuf ans assombrissait un peu l'humeur de Lisabeu.

Bertoun était fier de cette famille réunie autour de lui. Il avait accepté sans sourciller que Marie, veuve depuis dix ans de son aîné, se remarie avec Lucien, l'exploitant du domaine viticole qui jouxtait la terre des Jauffred. Ainsi Marie et Tonin, son fils, n'étaient pas loin et quand la petite Arlette était arrivée, Vittori avait joué les grand-mères comme avec ses autres petits-enfants.

Lisandra sourit au souvenir de cette journée. L'entente des quatre femmes autour des préparatifs n'avait pas

---

4. Diminutif provençal du prénom Victor
5. Version corse du prénom Pierre, se prononce Petrou
6. Version corse du prénom Baptiste, se prononce Batistou
7. Orthographe corse, sans le s
8. Diminutif provençal du prénom Elizabeth
9. Version provençale du prénom Yves

changé depuis ce repas de l'Ascension 1920 où elle avait fait la connaissance d'Uguet. Leur amour avait été immédiat et durable. Le jeune homme qu'il était avait su comprendre la passion de son aimée pour la musique. Il l'avait soutenue, aidée et avait accepté qu'elle passe la moitié de la semaine à Toulon pour respecter ses engagements dans l'orchestre de l'opéra. Elle sourit en pensant à toutes les attentions dont Uguet avait su l'entourer.

Comme le soir de leur dixième anniversaire de mariage. C'était un soir de concert, il était venu à Toulon pour passer quelques jours avec elle en amoureux, car Louis était chez sa tante Lisabeu à La Crau.

Son plaisir en cette saison était d'enfourcher sa bicyclette avec son cousin Lucas et de remonter le Gapeau par les chemins de bordure jusqu'à la plaine de Solliès-Pont. Là, ils s'arrêtaient chez le cousin d'Yvoun et se gavaient de cerises. Les préférées de Lucas étaient les bigarreaux, charnus, mais fermes et tellement sucrés.

Leur fils à la campagne, Uguet et Lisandra se retrouvèrent comme à leurs vingt ans, seuls au monde dans l'appartement face à la fontaine. Ce soir-là, Uguet l'attendait à la sortie de l'opéra. Il lui prit le bras et, s'excusant de l'enlever, il lui signifia qu'il fallait qu'elle rentre directement, c'était important. Partagée entre l'inquiétude de ce qui l'attendait et la contrariété de ne pas finir la soirée par le thé avec ses collègues, Lisandra suivit Uguet d'un pas vif, pressée d'en finir. Son mari ne desserra pas les lèvres du court trajet et elle dut attendre que la lumière éclaire leur séjour pour comprendre. La table était mise et décorée entièrement en rouge et blanc, les couleurs de leurs noces. Les larmes aux yeux, elle se tourna vers son époux, ravi de sa surprise.

Cette année, ils devraient fêter leurs vingt ans. La guerre le leur permettrait-elle ? La famille Jauffred aussi avait fait preuve de tolérance et de compréhension envers elle, son métier, sa vie à cheval entre deux maisons. Lorsque Marie s'était remariée, Vittori attendait avec impatience les jours où Lisandra et son fils Louis arrivaient avec des nouvelles de la ville. Elles tenaient la maison à deux, comme avant avec Marie, tout en papotant. Elles accueillaient leurs hommes aux repas, fourbus d'une journée auprès des fours. Elles prenaient soin de Louis, gardaient Arlette, auxquels pendant les vacances scolaires s'ajoutaient les quatre de Lisabeu. Les enfants de Lisabeu étaient surnommés les quatre L à cause de leur initiale commune. Lucas, Lucette, Léon et Léa avaient, par hasard pour les deux premiers, volontairement pour les deux plus jeunes, la même initiale que leur mère.

Tout ce petit monde baignait dans la musique depuis tout petit, inspiré par leurs parents. Uguet et Yvoun jouaient de la guitare et Lisabeu chantait à merveille, mais Lisandra, en tant que première flûtiste de l'opéra de Toulon, restait la référence musicale. Louis s'était naturellement tourné vers les instruments à cordes et, en grandissant, avait découvert la harpe, qu'il maîtrisait désormais. Ne pouvant déplacer un tel instrument lorsqu'il venait à Salernes, il amenait une lyre, dont il tirait des mélodies paradisiaques. Quant aux quatre L, ils pouvaient former un quatuor d'instruments à vent. En effet, Lucas avait commencé avec un baryton. Quand il était petit, il devait le poser pour jouer et disparaissait derrière. Lucette, fascinée par l'instrument de son frère, voulut essayer le saxophone, qu'elle adopta dès que son père lui eut fabriqué une anche personnalisée. Léon resta dans les instruments à vent en optant pour la trompette et lança la mode du jazz chez les Anselme. Enfin, la petite dernière, Léa, choisit la clarinette.

Lors des réunions de famille, le concert était devenu un moment incontournable. Bertoun et Vittori retrouvaient des jambes de jeunes mariés et dansaient sur les rythmes de swing joués par leurs petits-enfants. Au fur et à mesure que les enfants grandissaient, l'orchestre familial s'agrandissait et les rythmes classiques se modernisaient peu à peu. Des chansons de Maurice Chevalier, on était passé au début du jazz, puis Jean Sablon et Charles Trenet avaient teinté leurs mélodies l'un de poésie, l'autre de fantaisie, Tino Rossi avait enchanté le Noël des plus petits. La musique américaine aussi venait réjouir les concerts varois avec les rythmes enlevés d'Ella Fitzgerald ou de Billie Holiday. Les adeptes des cuivres se régalaient sur du Louis Armstrong.

La guerre les avait cueillis un an auparavant et les fêtes familiales, si elles avaient toujours lieu, étaient assombries par la menace de la mobilisation. Uguet, qui avait tout juste quarante ans, pouvait être concerné par un élargissement des âges. Lucas, 19 ans déjà, pourrait être le prochain à partir. Tonin était déjà parti et était pour le moment en formation dans le centre. Louis et Léon étaient à l'abri encore trois ans et, comme en 1914, on était persuadé que cette guerre n'allait pas durer. En Corse, la famille de Lisandra n'était pas mieux lotie. Si Battistu échappait à la mobilisation de par son âge, Luca comme Uguet, était à la frontière entre deux générations et pouvait être appelé à tout moment. Piero, le fils de Battistu était déjà parti depuis l'automne 39. Son frère Ange, avec ses seize ans, était tranquille. Luca et Marina, outre Eugénie, avaient eu Nicola[10], âgé de seize ans à ce moment-là.

En ce mois de mai 1940, donc, Uguet était parti avec son catalogue novateur pour décrocher des contrats auprès des riches parisiens, puis auprès des industriels de textile dans le Nord.

Il partit de Paris pour Amiens le neuf mai, avec trois promesses de contrat plutôt juteuses. Il téléphona à Salernes le soir en arrivant, pour partager son enthousiasme. Lisandra lui enjoignit de redescendre dans le Sud rapidement. Elle n'était pas tranquille de le savoir si près des Allemands.

Une semaine s'écoula avant que Uguet, enthousiaste, raconte par le menu détail ses rencontres avec les industriels du textile, la visite d'une usine et enfin, les commandes de tomettes pour leurs maisons de campagne. Chaque grand patron s'informait discrètement sur les projets de son concurrent et essayait de faire mieux, plus grand, plus riche. Celui de Lille avait commandé des tomettes grand format pour sa salle à manger, le lendemain celui de Roubaix souhaitait un camaïeu de tons dégradés pour son salon. De surenchère en surenchère, Uguet s'était vu obligé d'étaler les livraisons sur plusieurs années à cause du manque de main-d'œuvre dû à la guerre.

Il promit, en conclusion à son long récit, de prendre le train du retour dès le lundi vingt mai.

---

10. Orthographe corse

2
La bataille d'Amiens

« *J'ai su que nous faisions la plus belle guerre du peuple français... Une guerre sans gloire... Une guerre gratuite en un mot. Mais cette guerre est un acte de guerre et un acte d'amour. Un acte de vie.* »
L'armée des ombres
Joseph Kessel

Le dimanche, lendemain de concert, Lisandra se levait tard. Seule dans son appartement de la place Puget, elle profitait du calme dominical pour flâner d'une pièce à l'autre, s'arrêtant à une fenêtre pour se perdre dans la contemplation des gouttes d'eau qui rebondissaient sur la végétation de la fontaine. Qu'est-ce qu'il avait poussé en vingt ans, le figuier ! La fontaine de cette place avait pour particularité d'héberger un figuier au sommet de ses sculptures. Celles-ci étaient couvertes à présent par la mousse accrochée entre les racines de l'arbre. En ce mois de mai, les oiseaux étaient nombreux à nicher dans les recoins cachés du figuier perché au centre du bassin. Elle prit tellement son temps, cette fois-là, qu'elle dut se dépêcher ensuite pour se préparer pour le concert en matinée. Il ne commençait qu'à quinze heures, mais il y avait les répétitions avant et elle devait se changer, se coiffer. L'appartement, heureusement, n'était qu'à deux minutes de l'opéra. Uguet et elle l'avaient choisi presque vingt ans auparavant comme leur premier nid d'amour, et ils ne l'avaient jamais quitté.

Ce n'est donc que le soir, après le repas pris en compagnie de ses collègues dans le restaurant de la place de l'opéra, qu'elle regagna son logement. Fatiguée, elle s'enfonça dans la bergère près de la fenêtre, posa sa tasse de thé sur le guéridon et alluma le poste de radio. C'était le dimanche dix-neuf mai. Ce qu'elle entendit la terrifia.

La veille, en milieu d'après-midi, des avions allemands s'étaient abattus sur la ville d'Amiens, qui avait subi son premier bombardement. La radio énumérait les lieux touchés : la gare de triage, le quartier Saint-Roch, la gare Saint-Roch quasiment détruite, des tués, des blessés...

Lisandra tournait en boucle sur deux idées : Uguet est-il vivant, blessé ? Si oui, plus de gare, plus de train donc pas d'échappatoire possible. Un train convoyant des soldats britanniques avait été touché et des dizaines de soldats avaient péri. Heureusement, Uguet, lui, ne devait partir que le midi. Il n'était donc pas à la gare. Mais le commentateur poursuivit en déclarant qu'une nouvelle attaque avait eu lieu deux heures plus tôt. Cette fois-ci, ils étaient venus en force, trois escadrilles de bombardiers protégées par la chasse. À cette heure-ci, les nouvelles n'étaient pas définitives, mais alarmantes. Le centre-ville était détruit. Le faubourg Hom, le quartier Saint-Jacques, autant de noms que la flûtiste ignorait, mais qui sonnaient comme un glas.

Uguet lui avait mentionné le nom de son hôtel au téléphone, mais elle n'y avait pas prêté attention. C'était un détail. De fait, elle ne savait pas dans quel quartier il pouvait être. Elle guetta les nouvelles, heure par heure. Bertoun, qu'elle avait eu au téléphone, essayait de faire bonne figure face à Vittori et Louis, mais il était effondré. Cette deuxième guerre n'allait pas lui enlever son deuxième fils !

Malheureusement, les nouvelles ne s'améliorèrent pas. Le lendemain, vingt mai, la radio annonça la prise d'Amiens par la première division de Panzer. Les troupes françaises présentes résistèrent tant bien que mal, mais elles furent rapidement vaincues et isolées des troupes du Nord par l'avancée de la première division de Panzer. En une journée, le nord de la France fut occupé et les armées belge et britannique, ainsi que les trente divisions françaises situées de Boulogne-sur-Mer à Calais et Dunkerque, furent encerclées.

Les Jauffred ne savaient que faire. Comment avoir des nouvelles ? Ils s'en remirent à elle après avoir parlé au garde champêtre et au maire, autorités locales en toutes circonstances habituellement. Mais ceux-ci étaient pour l'heure tout aussi dépassés que les familles, qui s'interrogeaient. Ce fut le garde champêtre qui leur suggéra que leur belle-fille aurait plus facilement des informations auprès de la gendarmerie de Toulon.

— Et puis, ajouta-t-il, avec son métier elle doit connaître du beau monde. C'est le moment qu'ils se rendent utiles.

Lisandra se rendit à la gendarmerie de Toulon. Elle signala la disparition de son époux Hughes Jauffred, le dix-huit mai à Amiens, où il était en voyage d'affaires. Le gendarme prit note de tous les détails dans un cahier déjà bien entamé, listant tous les disparus depuis l'été 1939. L'angoissante attente commença alors. Bertoun renvoya tout son monde à l'usine de tomettes car, même si c'était au ralenti, la fabrication des carreaux de terre cuite hexagonaux si typiques du Var devait continuer.

Lisandra reprit ses concerts, soutenue par ses collègues de l'orchestre, qui suivaient l'actualité avec elle et l'exhortaient à la patience et l'optimisme.

Il ne pouvait être que vivant, bloqué à Amiens par l'occupation allemande et les combats alentour. Les communications étaient coupées, il était normal qu'aucune nouvelle n'arrive. Les routes et voies ferrées étaient détruites, il était normal qu'il ne puisse plus circuler. Tant Lisandra que les Jauffred à Salernes ou les Anselme à La Crau se répétaient ce mantra pour se persuader de la bonne issue des événements et garder courage et patience. Louis était renfermé sur lui-même et restait impassible. Vittori ne l'aurait pas si bien connu, son pitchoun, qu'elle l'aurait cru insensible. Alors qu'au contraire, il se protégeait des possibles mauvaises nouvelles en ne montrant qu'un visage rassurant, confiant. Il rabrouait ceux qui envisageaient le pire, redonnait confiance à ceux qui supposaient mille cas de figure. Arlette l'admirait secrètement. Elle pensait à son demi-frère, Tonin, lui n'avait pas eu à gérer ces émotions-là, puisque son père était déjà décédé quand il était né. Il y avait juste eu l'absence, mais une absence honorable pour cause de guerre.

Du vingt mai au vingt-six juin, les événements s'accélérèrent. Le vingt-trois mai, les Allemands avaient constitué une tête de pont sur la rive de la Somme. Les tirailleurs sénégalais y laissèrent presque un régiment. Le vingt-huit mai, les Français contre-attaquèrent, mais les tirailleurs furent à nouveau balayés par l'armée allemande. La ville d'Amiens continuait à être bombardée, car la poche de résistance de Dunkerque fermait l'accès par la mer. Jusqu'au huit juin, la Luftwaffe lâcha ses bombes sur la ville. La population dut se réfugier au nord de la Somme pour y échapper. À partir du moment où les Allemands occupèrent Amiens, ce furent les obus français qui tombèrent à leur tour. La population et les soldats français résistèrent vaillamment et en payèrent le prix fort avec des exécutions massives de prisonniers. Le soir où, collée au poste de radio, elle entendit ce récit de la prise d'Amiens, Lisandra fut prise de frissons incontrôlables. Elle se sentit tout à coup transie malgré la température estivale du mois de juin. N'étant pas en uniforme, s'il était vivant, Uguet avait pu être fait prisonnier comme un Amiénois et fusillé à titre de représailles.

Le lendemain elle alla à nouveau à la gendarmerie. Elle voulait savoir si les familles des fusillés avaient été averties. Le gendarme la regarda, incrédule.

— Mais, ma petite dame, leurs familles étaient avec eux et les ont vus mourir ou sont mortes aussi, s'exclama le gendarme.

L'armée française, débordée, fut incapable de retenir les divisions allemandes et le quatorze juin, les troupes allemandes entraient dans Paris.

L'Italie, de son côté, avait attaqué par les Alpes et atteint la vallée du Rhône. Le maréchal Pétain demanda l'armistice, qui fut signé le vingt-deux juin à Compiègne. Dès le vingt-six juin, les autorités locales françaises regagnèrent Amiens et la vie reprit son cours. La population revint et subit l'occupation allemande. Les nouvelles commencèrent à circuler lorsqu'un semblant d'organisation fut remis en place. Après plus d'un mois d'angoisse, Lisandra accueillit l'armistice avec un soulagement mitigé. Si l'épouse et la femme amoureuse étaient heureuses que les combats cessent enfin et que toutes les activités reprennent comme avant, la femme libre française qu'elle était depuis son enfance se rebellait contre cette décision avilissante qu'était le choix de l'occupation. Heureusement, le Var était en zone libre.

Dès l'annonce du cessez-le-feu, elle se présenta à la gendarmerie. Elle assaillit le préposé au cahier des disparus de questions. Est-ce que les liaisons étaient rétablies ? Est-ce que les trains circulaient et, au moins jusqu'à la frontière de la zone libre ? Est-ce qu'il l'avertirait si des nouvelles tombaient ? Le gendarme essaya de la calmer tant bien que mal et de lui faire entendre raison sur les délais de remise en état des liaisons.

— Revenez dans deux semaines si on ne vous a pas appelée d'ici là.

Fin juin, elle retourna à la gendarmerie de Toulon, où elle retrouva le même gendarme bienveillant qui notait scrupuleusement toutes les disparitions. En un mois, le cahier s'était rempli et le préposé avait non loin de lui un cahier neuf à disposition. Au vu de la file d'attente qui s'écoulait de son guichet, Lisandra se dit qu'elle aurait droit au cahier neuf. Il fallut deux heures avant qu'elle ne parvienne face à l'homme en uniforme, chacun ayant à cœur de fournir le plus de détails possible pour faciliter les recherches éventuelles. Lisandra n'était pas dupe, le cahier ne servait qu'à laisser un espoir aux familles, les gendarmes auraient été bien en peine de mener la moindre enquête dans les conditions actuelles. Néanmoins, elle fit remonter le gendarme dans les annotations de son cahier jusqu'à la date du vingt mai, où elle avait déposé le signalement d'Uguet.

— Vous avez sûrement un fichier identique avec les noms, ou le signalement des trouvés, qu'ils soient morts, blessés ou vivants dans l'incapacité de communiquer.

Bien sûr il en avait un, mais il se garda de le sortir pour ne pas être assailli. Devant le maintien et l'assurance de Lisandra, il l'introduisit dans un bureau voisin et lui présenta un collègue qui, assura-t-il, pouvait peut-être l'aider.

Après avoir exposé son cas ou plutôt celui de Uguet, elle se tut et attendit une proposition de la part de son interlocuteur. Celui-ci restait silencieux et l'observait avec un intérêt non dissimulé. Comme elle commençait à montrer des signes d'impatience, il déclara :

— Vous faites partie de l'orchestre de l'opéra, n'est-ce pas ?

— Oui, effectivement. Vous êtes amateur ? s'enquit-elle dans l'espoir de gagner sa sympathie.

— Ce sont surtout les belles flûtistes comme vous qui me captivent, dit-il en s'approchant de son siège.

Lisandra eut un mouvement de recul, mais se dit que s'il fallait endurer un lourdaud séducteur de pacotille pour savoir où était Uguet, cela ferait partie de l'effort de guerre. Elle se força à sourire et répondit.

— Et bien, je suis moi-même flûtiste et je suis flattée de votre intérêt. Mais concernant mon époux, que peut-on faire ?

— Allons, ne faites pas la sainte-nitouche, Madame, vous avez très bien compris de quelle sorte de flûte il faut jouer pour que l'on enquête sur votre mari.

Tout en parlant, il s'était encore approché. Elle avait désormais le visage au niveau de la boucle de son pantalon. Elle avait aussi très bien saisi ce qu'il attendait d'elle. Elle cherchait à toute allure comment s'en sortir sans subir aucun outrage, sans l'assommer avec le beau chandelier en marbre et cuivre qui trônait à portée de sa main sur une petite table, et sans le faire se plier en deux en usant de la plus simple défense des femmes : le coup de genou dans les parties intimes.

Finalement, elle se leva soudainement. Geste qui déstabilisa le gendarme, tant il était près d'elle. Elle en profita pour pivoter et se faufiler dans l'espace dégagé par le recul du bonhomme. Avant d'ajouter la moindre parole destinée à porter l'estocade au profiteur, elle ouvrit la porte largement sur la salle d'attente bondée. De fait, il ne pouvait plus intervenir autrement qu'avec courtoisie. Tandis que la déception et la rage se peignaient sur le visage du triste sire, Lisandra, encore tremblante, déclara néanmoins avec superbe :

— Monsieur, je joue de la traversière, pas du piccolo. Alors si vous ne pouvez changer d'instrument, veillez à ne le proposer qu'à des professionnelles du genre. Bien le bonjour Monsieur.

Et elle tourna les talons et sortit bien droite de la gendarmerie. Les nombreuses femmes de la file d'attente avaient parfaitement compris l'allusion. Une jeune et jolie jeune fille, qui attendait assise près de la porte du bureau d'où venait de sortir Lisandra, se leva, l'air horrifié, et fuit plus qu'elle ne sortit du bâtiment.

Tout en regagnant la place Puget, Lisandra songeait qu'il vaudrait mieux ne pas avoir besoin des gendarmes pendant quelque temps. Elle sourit malgré son angoisse. Quelle sortie ! Si Chjara[11], sa mère, l'avait vue, elle aurait été choquée de son langage, mais fière de la répartie. Bon, pour Uguet, il allait falloir être patiente ou se débrouiller toute seule.

---

11. Version corse du prénom Claire, se prononce Kiara

3
Bombardement à Toulon

« C'est le cœur serré que je vous dis
aujourd'hui qu'il faut cesser le combat »
Philippe Pétain
17/06/1940

Même si le nord de la France avait été le premier et le plus durement touché, le Sud ne fut pas épargné. Les Italiens entrés en guerre aux côtés des Allemands attaquèrent la France par les Alpes. Sur la côte, l'aviation italienne la *Regia Aeronautica* menait des raids d'observation. Mais les conditions météorologiques étaient défavorables et les avions firent demi-tour ou les missions furent tout simplement annulées. Ainsi, le onze juin, un Fiat BR20 devait survoler le port le matin. Ce ne serait fait que l'après-midi où il parviendrait à prendre des photos du port.

C'est avec inquiétude que le douze, les habitants entendirent arriver trois avions italiens. Lisandra, en promenade sur les pentes du mont Faron cet après-midi-là, vit la DCA les prendre à parti. Ils en abattirent un, tandis que les deux autres repartirent pour Milan. Le soir, elle peinait à s'endormir, hantée par la vue de l'avion piquant du nez vers les flots, un panache de fumée s'échappant de l'arrière. Elle entra ainsi de plein fouet dans la guerre et elle eut encore plus peur pour Uguet, et Piero, son neveu, qui avait été mobilisé et devait se trouver sur le front dans l'Est ou le Nord.

Elle venait à peine de s'assoupir que le vrombissement lointain des avions la fit sursauter. Blottie dans son lit, elle attendait qu'ils repartent. Mais le bruit des moteurs crût peu à peu. Il devint énorme, Lisandra apprit le lendemain qu'ils n'étaient que trois, mais dans le calme de la nuit, elle avait eu l'impression d'une escadrille entière.

Le lendemain, treize juin, elle revenait du marché qui se tenait sur le cours Lafayette. Elle avait fait un détour par la rue des Boucheries. Elle remontait la rue d'Alger, quand pour la troisième fois en deux jours, le vrombissement croissant des avions italiens se répercuta sur les façades des maisons du centre-ville. Les gens furent partagés, certains détalèrent vers leur habitation, leur commerce, leur bureau, tandis que d'autres s'arrêtèrent, le nez en l'air, cherchant à apercevoir les Fiat BR20 de l'ennemi. Mais quand la flotte aérienne italienne fut en vue, un vent de panique souffla tout à coup : les plus doués et rapides comptèrent aussitôt plus de quinze avions au ventre gonflé de bombes. Une première explosion ne tarda pas à retentir, suivie de plusieurs autres. La rue, si peuplée et bruyante habituellement, fut déserte en quelques secondes et un silence morbide se faisait entre chaque avion, chaque seconde, chaque explosion. Lisandra, rentrée chez elle, ne savait que faire. On leur avait parlé des abris souterrains, de la conduite à adopter dès le début d'un bombardement. C'était des mois en arrière, la guerre était loin dans l'Est, en Pologne. Les Toulonnais n'avaient pas vraiment écouté et retenu les consignes. Aussi beaucoup de rideaux se soulevèrent pour dégager la vue, les nez s'écrasèrent contre les vitres pour mieux voir. Jusqu'à ce qu'une explosion plus proche que les autres ne fasse trembler les carreaux tout autour de la place, faisant par conséquent retomber les rideaux prestement.

Peu à peu tout redevint calme. Tout le monde en avait oublié le repas, alors les ménagères s'activèrent au fourneau pendant que les enfants refaisaient l'attaque avec les amandons franchement cueillis. Un coursier vint avertir Lisandra que la représentation de l'après-midi était annulée. Elle descendit la rue d'Alger jusqu'au port en repensant à ce jour de 1920 où elle avait fait le même trajet, mais en compagnie de Battistu et les yeux pleins du sourire d'Uguet et les oreilles pleines de la musique de l'opéra. Aujourd'hui, elle était seule et la musique était celle des largages d'obus. Sur le port régnait une belle pagaille et pourtant, un garde champêtre interrogé lui assura qu'il n'y avait que peu de dégâts. Apparemment, la DCA avait mis le groupe en déroute et touché deux d'entre eux. Le premier était tombé vers Saint-Mandrier, le second fumait, mais était reparti avec les autres.

Plusieurs impacts avaient provoqué des dégâts dans l'arsenal, mais sans être importants. Un chaland à mazout gisait, éventré par une bombe qui, par chance, n'avait pas explosé. Une fois encore, les positions de la DCA autour de Toulon avaient réagi tôt et violemment, disloquant la formation italienne qui n'avait pas pu larguer toutes les bombes prévues.

Une fois sa curiosité satisfaite et ses inquiétudes soulagées concernant ce qui était sa ville depuis vingt ans maintenant, Lisandra regagna son appartement, d'où elle appela ses beaux-parents à Salernes. Elle les rassura sur les événements à Toulon, prit des nouvelles de chacun, s'assura que Louis allait bien et ne posait pas trop de questions sur la disparition de son père. Ensuite elle essaya de joindre Corte. Les communications avec la Corse n'étaient pas simples et elles l'étaient encore moins depuis un an. Alors aujourd'hui, avec les bombardements, la flûtiste ne fut pas surprise de ne pas pouvoir parler à sa mère. Elle lui écrivit une longue lettre où elle lui racontait l'attaque, l'absence, l'opéra fermé, tout ce qui lui pesait et qu'elle ne pouvait dire qu'à Uguet ou à sa mère.

Le lendemain matin, elle décida d'aller poster la lettre en passant par le port pour évaluer les dégâts, maintenant que l'affolement était passé. Quelques mètres après avoir débouché face à la rade, elle s'arrêta, prise d'un doute. Elle fit volte-face pour être en direction de l'Arsenal et de ses quais. Son impression se confirma : plus un navire ne dépassait des quais, plus de ces grosses carcasses de métal gris si familières aux Toulonnais. Étant à hauteur de la librairie, elle entra pour s'informer par la presse. Elle y apprit encore plus de détails par le libraire qui, pour réceptionner les journaux, vivait au-dessus de sa boutique et avait tout vu et entendu. La flotte française basée à Toulon avait quitté le port dans la nuit. À sept heures, ils étaient au large de l'Italie en train de riposter aux attaques des douze et treize juin.

Les dégâts italiens furent faibles, mais la facilité de l'attaque pointa du doigt une faiblesse dans la protection côtière italienne. La flotte revint au port dans la journée en déplorant une douzaine de marins tués par un obus. Pendant les trois jours qui suivirent, les Italiens visèrent Cuers, Hyères. Les Toulonnais respirèrent un peu.

Lisandra guetta les nouvelles du Nord à la radio, en vain. Par contre, le seize, elle apprit que la Corse avait été prise pour cible à ton tour. Le journaliste ne connaissait visiblement pas l'île, car il enchaina les noms de villes sans distinguer la côte est de la côte ouest. Apparemment, seule la côte avait été visée et les dégâts avaient été faibles. À force d'insister au standard, elle finit par joindre son frère Luca. Il la tranquillisa sur le centre de l'île. Rien n'était arrivé à Corte. Au contraire, la montagne s'avérant plus sûre que la côte, les villages côtiers se vidaient au profit des villages de l'intérieur. Toute la famille se portait bien et si elle souhaitait venir se mettre à l'abri à Corte, elle était la bienvenue, bien entendu. Luca n'insista pas, mais elle savait que Chjara, sa mère, lorsqu'elle saurait qu'elle avait appelé, tannerait Luca pour savoir si elle allait venir.

Pendant tout le mois de juin, les bombardements visèrent alternativement la Corse, le Var, les Alpes-Maritimes. Heureusement, seuls les bâtiments en pâtissaient, très peu de morts furent à déplorer. Lorsque, le vingt-deux juin, l'armistice fut signé, les sentiments furent partagés. Certes les combats cessèrent, le Sud restait en zone libre, mais la flotte devait être désarmée et remise aux Allemands. Les Toulonnais, fiers de leur flotte et de leur Arsenal, le prirent très mal et le maréchal Pétain y perdit en crédibilité. Aussi, quand l'amiral Darlan déclara haut et fort qu'il préférait saborder ses navires plutôt que de les livrer à l'ennemi, la population participa activement aux préparatifs secrets d'un éventuel auto-sabotage.

Petit à petit la vie reprit son cours. Les concerts reprirent à l'opéra, même si la saison était presque à sa fin. Début juillet, la saison des concerts clôturée, Lisandra se prépara à monter à Salernes pour l'été et ainsi passer du temps avec son fils et normalement Uguet. L'absence de nouvelles le concernant l'inquiétait beaucoup plus que ce qu'elle laissait paraître. La tante Ursuline, celle du cours Lafayette, qui avait autrefois abrité leur première nuit d'amour, lui disait que s'il avait été mort dans les bombardements, elle aurait déjà été avertie. Une de ses voisines, originaire du Nord, avait reçu un avis de la gendarmerie concernant ses parents quelques jours seulement après les événements du mois de mai. Ce qui ne rassura Lisandra qu'à moitié, car s'il n'était pas mort, pourquoi ne pas avoir eu la moindre nouvelle ?

Elle tergiversait sur le fait de laisser l'appartement sans savoir ce qu'il était advenu de son mari lorsqu'elle reçut une lettre de son neveu Piero. Le fils aîné de Battistu était sur le front dans les Alpes. Dans ses premières lettres en 39, il se plaignait de la nourriture, de l'hiver trop froid, des tranchées à creuser. Dans celle-ci, le ton changeait. Il avait connu ses premiers combats dans la Meuse. Il racontait la fin d'un camarade corse comme lui, mais de Ponte-Leccia précisa-t-il. Le garçon avait agonisé plusieurs heures près de lui, impuissant. Dans l'enveloppe se trouvaient une lettre et un bout de tissu crasseux enfermant une mèche de cheveux. Piero demandait à sa tante de les faire parvenir à la mère du garçon. Lui-même avait eu une chance inouïe un mois plus tard, quand sa compagnie était tombée dans une embuscade allemande. Le groupe s'était dispersé en catastrophe dans les champs et la forêt proche. Seuls trois soldats avaient eu le bon réflexe d'aller plutôt vers le village. Les Allemands attendaient le long de la route de l'autre côté des champs. En moins d'une heure ils avaient fait prisonnier toute la compagnie, sauf Piero et ses deux camarades, cachés dans l'appentis de la première maison du village. Ils avaient mis deux semaines à contourner les lignes allemandes, qui ne cessaient de progresser, avant de rejoindre la zone libre vers Oyonnax. Ils essayaient maintenant de joindre leur état-major, mais l'idée de rejoindre l'Angleterre les habitait de plus en plus. Il conclut par une prière de ne pas en parler à ses parents, qui s'affoleraient et ne comprendraient pas. C'est alors que Lisandra commença à penser à se rendre en Corse, pour rassurer Battistu et Fiora, pour aller à Ponte-Leccia, pour que Louis voie encore une fois sa famille corse…

Déterminée cette fois, elle boucla ses affaires et monta à Salernes chercher Louis, au grand dam des grands-parents Jauffred, qui craignaient l'attaque des bateaux. Plusieurs jours plus tard, on était fin juillet, elle embarqua pour la Corse avec son fils. Ne sachant pas la date de son retour, elle demanda à Yvoun de lui faire suivre son courrier au cas où Uguet donnerait signe de vie.

4
Corte

« *Femmes et feux,*
dommages en tous lieux »
Proverbe corse

Le vingt juillet 1940, Lisandra et Louis furent accueillis à Ajaccio par Luca, accompagné d'Eugénie, son aînée. Ils ne s'étaient pas vus depuis trois ans et tombèrent dans les bras l'un de l'autre. Le cadet et la benjamine des Leccia avaient toujours été très proches. Lorsque Lisandra avait voulu travailler à l'opéra de Toulon, c'était Luca qui l'avait aidée à prendre le bateau en cachette de Petru et Battistu, qui s'y opposaient. À ce titre, Luca fut éloigné de sa famille, où Eugénie venait de naître, pour se former au commerce en Italie.

Maintenant, les fournisseurs avec lesquels ils avaient tissé des liens depuis toutes ces années étaient injoignables, soit qu'ils fussent devenus mussoliniens, soit au contraire qu'ils eussent fui le pays, laissant leur entreprise derrière eux.

Louis et Eugénie furent intimidés de se revoir. La dernière fois, il était encore un enfant. Depuis, il avait grandi et forci grâce au travail à l'usine de tomettes, si bien qu'il affichait à seize ans une carrure de jeune homme, adoucie par l'expression de ses yeux noisette. Eugénie, de son côté, était passée de l'adolescente à la jeune femme. Ses dix-neuf ans resplendissaient dans toute sa personne. Malgré la réserve de bon aloi que lui avaient inculquée les hommes de la famille, elle avait dans le regard la même flamme que sa tante.

Passés les premiers moments d'émotion et de retrouvailles, les nouvelles furent échangées sur la famille, le travail et surtout la guerre. Piero, qui avait envoyé des nouvelles de temps en temps, était bien sûr la plus grande inquiétude. Lisandra leur fit part de la lettre reçue avant son départ et demanda à son frère de l'emmener d'ici quelques jours à Ponte-Leccia apporter à la mère du soldat décédé les souvenirs que Piero avait sauvés.

Les effusions familiales n'en finirent plus quand, arrivés à Corte, ils retrouvèrent toute la famille. Battistu et sa femme Fiora, en compagnie des trois derniers, Ange, Catarina et Isabelle, occupaient la grande maison où Lisandra avait grandi, tandis que Chjara, sa mère, logeait dans l'extension, plus petite et suffisante depuis la mort de Petru, quelques années plus tôt. Luca et Marina habitaient toujours dans la maison en bas du village avec Eugénie et son frère Nicola. Louis fut heureux de retrouver ses nombreux cousins et cousines. Une heure après leur arrivée, il avait disparu dans la colline, avec la consigne d'être à l'heure pour le repas.

Les premiers jours furent une fête de famille, où Lisandra se trouva bien entourée et se sentit moins seule. L'escapade à Ponte-Leccia avec Luca, s'il fut pénible de remettre à une mère inconsolable les reliques de l'existence de son fils, fut pour le reste un moment magique, où toute leur complicité refit surface. Tout semblait reprendre sa place, comme si les années n'étaient pas passées. Et comme avant, Lisandra commença bientôt à s'ennuyer de la ville, de son atmosphère, et de la mer aussi. La vue des bateaux lui manquait, l'odeur de l'iode et les couchers de soleil sur la rade lui semblaient si loin. Tous les matins, elle se perchait sur le muret de la pergola qui abritait l'entrée. À cette heure-là, il ne faisait pas encore chaud. Elle répétait inlassablement les morceaux musicaux prévus pour la rentrée.

Un matin, Battistu sortit de la maison pour aller travailler. Il s'arrêta à son niveau et, après l'avoir écoutée une minute, lui assena :

— Au lieu de t'amuser avec ta flûte, tu ferais mieux d'aider les femmes aux conserves.

Il s'apprêtait à tourner les talons lorsque Lisandra, stupéfaite, réussit à rétorquer :

— Battistu, jouer de la flûte est mon métier comme le tien est de bâtir. Si je ne m'entraîne pas, je jouerais mal et je perdrais ma place. Tu voudrais m'entretenir si je n'avais plus de salaire ?

Battistu grogna et partit en maugréant sur les femmes libérées du continent. Lisandra reprit sa flûte, mais au lieu de reprendre le morceau qu'elle travaillait, elle improvisa une suite endiablée de notes qui illustraient on ne peut mieux sa fureur et son indignation.

À l'intérieur, les femmes Leccia, les mains dans la confiture de prunes, se regardèrent et Marina laissa tomber :

— Là, il l'a contrariée.

Ce qui déclencha le rire des autres au souvenir des accrochages incessants du frère et de la sœur sur le sujet de la liberté des filles.

Quelques jours plus tard, Fiora, Marina et Lisandra avaient passé l'après-midi à laver draps, torchons et autres pièces de linge en toile rustique. Elles en avaient les avant-bras rougis par les détergents et l'eau froide de la source. Lisandra se promit de leur acheter un lave-linge dès qu'elle le pourrait. Il était dix-huit heures, le repas était prêt, les enfants éparpillés, les hommes au travail. Marina était rentrée chez elle se reposer. Fiora rangeait la maison et Lisandra avait tiré une chaise longue dans le jardin et s'était étendue à l'ombre de l'amandier avec un livre. Ce fut à ce moment qu'Ange arriva par le fond du jardin et vit sa tante.

— Et bien, tante Lisandra, tu n'as pas honte de paresser ainsi alors qu'il y a tant à faire. Ce sont bien des habitudes du continent ça !

— Et toi, Ange, tu n'as pas mieux à faire que courir la colline toute la journée ? Tu pourrais aider ton père et ton oncle au chantier. Ce sont bien des habitudes machistes de l'île, ça !

Ange resta bouche bée, jamais une femme ne lui avait répondu ainsi.

— Et puis, tu sais quoi ? Le continent, je vais y retourner car j'en ai assez de supporter vos réflexions d'un autre siècle !

Le soir, dans sa chambre de jeune fille, elle échafauda son retour à Toulon. Elle espérait que Louis n'allait pas faire d'histoires, il avait l'air si bien à courir la campagne avec ses cousins et cousines. Et puis, il y avait Eugénie. Elle s'était rapprochée de la jeune fille, qui lui avait confié son envie de voir autre chose que Corte avant de se marier. Elle aurait bien continué les études, si son père l'avait laissée faire. Mais Luca, influencé par son frère, avait été catégorique. Une fille, ce n'est pas fait pour étudier plus loin que le certificat d'études. Elle avait eu la chance d'aller jusqu'au baccalauréat, parce que les femmes Leccia avaient plaidé sa cause comme autrefois celle de Lisandra. Luca s'était laissé fléchir sous l'incompréhension de Battistu et Eugénie était allée en pension à Ajaccio pendant trois ans. Elle avait obtenu son bac avec mention, mais elle ne connaissait d'Ajaccio que le trajet en voiture pour reprendre la route de Corte. Et maintenant, on lui cherchait un mari parmi les rares jeunes restant au pays et sa mention dormirait éternellement dans un tiroir à souvenirs. Elle avait raconté tout ça à sa tante, un soir sur la pierre chaude de la terrasse. La lune montante les éclairait à peine et il lui fut plus facile de parler ainsi. Lisandra avait été sidérée. Vingt ans étaient passés et rien n'avait changé. Les hommes Leccia étaient aussi obtus que leur père. Il fallait qu'elle trouve un moyen de prendre Eugénie avec elle. Elle y réfléchit une partie de la nuit et finit par ébaucher un plan, qu'elle devrait soumettre à la jeune fille avant de faire front avec Luca et Marina. D'ailleurs, si Eugénie était d'accord, il faudrait en parler d'abord aux femmes avant d'en informer les hommes.

Une fois décidée, Lisandra fut impatiente de passer à l'acte. Dès le matin, elle proposa à Eugénie ainsi qu'aux deux filles de Battistu, Catarina et Isabelle, de passer une journée entre filles à Ajaccio, si un des hommes voulait bien les y emmener. Les filles applaudirent des deux mains au projet. Chjara sourit sans faire de commentaires, elle avait deviné, à l'air combatif de sa fille dès le petit-déjeuner, qu'elle avait quelque chose en tête et que les hommes allaient une fois de plus devoir s'incliner. Fiora et Marina froncèrent les sourcils, leur turbulente belle-sœur allait semer la zizanie chez les Leccia, mais elles reconnaissaient qu'elles auraient volontiers profité aussi de l'escapade.

Au repas du midi, Lisandra soumit sa proposition aux pères, qui bondirent sur leurs chaises, puis réfléchirent et convinrent qu'une fois ne présentait aucun danger, d'autant que Louis restant à Corte, Lisandra ne pouvait pas emmener ses nièces à Toulon en douce comme elle l'avait fait grâce à Luca autre fois. Ils donnèrent donc leur accord pour le surlendemain, où Battistu pourrait les emmener le matin et Luca venir les chercher le soir.

Les trois filles passèrent la journée suivante excitées comme des puces, bavardant sans cesse pour imaginer les boutiques, les rues, les gens. Oh ! Les gens ! Qu'allaient-elles mettre pour ne pas avoir l'air de filles de la campagne ? Elles déboulèrent en tornade autour de Lisandra, qui écossait des petits pois dans la cuisine.

— Tatie, tatie, viens, il faut que tu nous dises quoi mettre !

Et Lisandra se retrouva dans la chambre des filles, armoire ouverte, tiroir béant, à choisir quelle robe conviendrait le mieux pour une journée en ville. Elles convinrent qu'une robe sage, mais légère serait le mieux.

— Surtout, ajouta la tante, que c'est plus facile à enlever quand on veut essayer des vêtements.

À cette annonce, les bavardages reprirent de plus belle pour se calmer quelques minutes plus tard, au constat que les parents ne leur donneraient jamais de quoi s'acheter plus que le repas du midi.

— Demandez-leur seulement si je peux vous acheter une robe à chacune. S'ils ne paient pas, ils auront moins envie de dire non.

Les trois filles, à peine leurs pères rentrés du travail, fondirent sur eux comme des mouches sur du miel et câlinant, roucoulant, caressant leur petit papa préféré, elles obtinrent non seulement le droit de se faire racheter une robe, mais également de l'argent pour y assortir des chaussures. Fiora et Marina n'en revenaient pas, elles qui devaient jouer de tous leurs charmes pour avoir une casserole neuve. Chjara, attendrie par le tableau, rajouta un billet pour une pochette de mouchoirs chacune. Eugénie, Catarina et Isabelle ne tenaient plus en place et ne dormirent pas beaucoup, tant la perspective de toutes ces dépenses les excitait. Ange et Nicola boudaient un peu, car ils n'avaient droit à rien. Mais Lisandra, fine mouche, les rallia à sa cause en leur demandant ce qu'elle pourrait leur ramener, vu qu'elle ne pouvait pas emmener tout le monde.

Bien entendu, les garçons n'en avaient aucune idée, aussi Lisandra leur proposa une belle casquette de jeune homme. S'entendre qualifiés de jeunes hommes acheva définitivement de les amadouer et ils laissèrent partir leurs sœurs sans discuter.

La journée à Ajaccio fut un enchantement pour les trois filles, qui découvrirent la ville avec curiosité. Les séances d'essayage dans les magasins prirent un grand moment et c'est chargées de paquets qu'elles retrouvèrent Luca et la voiture au lieu de rendez-vous. Lisandra avait profité de l'essayage des filles de Battistu pour parler de son projet à Eugénie.

D'abord surprise, la jeune fille reconnut que pouvoir faire des études loin de son père et son village était une aubaine. La compagnie de Louis la rassurait et lorsque sa tante lui eut dit que sa belle-sœur Lisabeu avait quatre enfants de dix-neuf à quatorze ans, dont deux filles, elle n'hésita plus et donna son accord. Il ne restait plus qu'à en parler aux femmes avant le face-à-face avec ses frères.

Le matin, une fois les hommes partis sur leur chantier, le champ fut libre pour discuter. Alors Lisandra expliqua à sa mère et ses belles-sœurs son projet concernant Eugénie. Marina, en tant que mère, émit son avis en premier.

— Tu es sa marraine, je sais que tu t'occuperas bien d'elle. Je sais que tu surveilleras ses études et ses fréquentations. Mais ne crois-tu pas qu'avec la guerre, elle serait plus en sécurité ici que sur le continent ? Toulon est un port de guerre, il sera le premier visé si les hostilités reprennent.

Lisandra ne put qu'admettre cet aspect, mais pour le moment l'armistice garantissait la paix, il était possible de commencer une année scolaire. Il serait toujours temps de se mettre à l'abri en Corse ou à Salernes si Toulon devenait trop dangereux. Chjara et Fiora émirent quelques autres objections sans réelle importance. Marina semblant d'accord, elles n'avaient pas à interférer. Restait le plus dur, les hommes.

Le soir même, les enfants furent priés de prendre le repas chez Luca sous la surveillance d'Ange, car les adultes devaient discuter. Heureux d'être seuls, ils filèrent vers le bas du village comme des gamins.

Dans la maison du haut, l'ambiance était beaucoup moins détendue. Les femmes attendaient que Lisandra parle, Battistu et Luca, intrigués, supputaient mentalement le sujet qui devait être abordé. Enfin, une fois la soupe servie, Lisandra leva la tête, se racla la gorge et lâcha.

— Luca, je souhaite emmener ma filleule à Toulon.

— Sûrement pas, coupa Battistu.

— C'est à son père que je pose la question, répliqua-t-elle.

— Pourquoi ? bafouilla Luca, déconcerté à l'idée de perdre sa petite fille adorée.

Lisandra expliqua, argumenta, lançant des regards noirs vers son aîné chaque fois qu'il tentait de prendre la parole.

Comme pour elle en 1920, Lisandra sut trouver les mots pour fléchir son frère cadet. Quant à Battistu, contraint au silence, il écouta les arguments de sa sœur et comme pour elle en 1920, il dut se rendre à l'évidence. Le projet de Lisandra répondait à toutes les objections, y compris celle du mariage, puisqu'elle promettait de ramener Eugénie à Corte pour qu'elle se marie dès la fin de ses études. Elle se disait intérieurement que d'ici là, on pourrait changer de projet.

L'affaire entendue, le lendemain matin, elle s'occupa de la malle de la jeune fille avec Marina. Celle-ci était à la peine de perdre sa fille, mais c'était pour son épanouissement alors… elle s'effaçait.

Deux jours plus tard, après une séparation difficile, Eugénie quitta son village, puis son île pour la première fois à dix-neuf ans, comme sa tante.

5
Prisonnier

« Qu'un popletoumbaesclau
si ten salengo, ten la clau
que di cadenoloudelievro »

« Qu'un peuple tombe esclave
s'il tient sa langue, il tient la clé
qui le délivrera des chaines »
Frédéric Mistral

À leur arrivée place Puget, Lisandra eut beaucoup à faire pour installer Eugénie. Sa venue n'étant pas prévue, la chambre d'amis ressemblait plus à un atelier qu'à une chambre de jeune fille. Mais ils s'y mirent tous les trois et dans l'après-midi, la petite chambre dépoussiérée, aérée, débarrassée, prit des allures de petit nid douillet. Eugénie fut laissée au rangement de ses affaires dans l'armoire et la commode mises à sa disposition. Louis regagna son antre, où il retrouva avec plaisir sa harpe, sur laquelle il entreprit aussitôt de se délier les doigts.

Lisandra, accompagnée de la mélodie cristalline jouée par son fils, se laissa aller dans son fauteuil près de la fenêtre et attrapa la pile de courrier. Un carton s'en échappa. Elle envoya le bras dans sa direction, en vain, le carton avait volé sous le fauteuil.

— Oh, zut ! Je le ramasserai tout à l'heure.

Et elle entama la pile par la première enveloppe, une lettre de Tonin. Comme Piero quelques semaines plus tôt, son neveu, ne voulant pas inquiéter sa mère, racontait à sa tante tout ce qu'il avait sur le cœur.

À la fin de l'hiver, son instruction finie, il avait été affecté à un régiment d'infanterie de forteresse près de Thionville sur la ligne Maginot. Il y était resté tranquille jusqu'à début mai. Il décrivait l'attaque du dix-sept mai en détail et Lisandra se demanda comment il avait pu s'en sortir. Il était dans le secteur fortifié des Ardennes, plus précisément dans l'ouvrage de la Ferté, à l'extrémité du secteur de Montmédy. C'était un petit ouvrage d'à peine deux blocs. Ils s'étaient retrouvés isolés et les Allemands, armés d'explosifs, avaient détruit les cuirassements en asphyxiant l'équipage à l'intérieur. Tonin, pas très discipliné, était à ce moment-là sorti malgré les ordres de confinement. Il devait à sa désobéissance d'être en vie. Caché dans les feuillages, il avait dû attendre la nuit et la progression des troupes allemandes pour se déplacer. Mais où aller ? Derrière, les Allemands arrivaient, toujours plus nombreux, devant, tous ceux qui étaient passés dans la journée lui bloquaient l'accès aux troupes françaises. Il s'était replié précautionneusement vers une ferme qu'il avait vue en passant. Après avoir guetté toute la journée les mouvements à la recherche des Allemands éventuellement stationnés là, à la tombée de la nuit, il avait osé gratter à la porte. Les habitants apeurés avaient eu du mal à le laisser entrer. Il avait finalement pu reprendre des forces, se réchauffer et dormir. Ils l'avaient caché dans l'appentis à bois dans la journée et une fois la nuit bien noire, ils étaient venus le chercher pour un repas et une nuit au chaud. Il avait ainsi vécu caché jusqu'à l'armistice. Début juillet, vêtu d'affaires civiles données par les fermiers, il avait marché jusqu'à la zone libre par des chemins détournés. Les Allemands faisaient prisonniers tout homme ne sachant pas justifier sa présence à l'endroit où on le trouvait. Arrivé à Lyon, il avait fait connaissance avec un groupe de soldats sans régiment comme lui. Ils s'étaient unis pour passer en Angleterre.

« J'ai posté cette lettre de Lyon avant de m'embarquer pour l'Angleterre. La lettre destinée à maman et Mame[12] en dit beaucoup moins, tu t'en doutes. Au moment où tu me liras, soit je serai en train de préparer une revanche avec les Anglais, soit j'aurai été abattu par la DCA allemande. »

Lisandra, à ces mots, posa la lettre sur ses genoux. Elle avait beaucoup de mal à ne pas pleurer. Marina allait être folle d'inquiétude. Elle allait devoir mentir et affirmer qu'il était bien arrivé en Grande-Bretagne.

Elle resta immobile, la lettre de Tonin à la main, pendant un bon moment. Elle entendait les bruits de tiroirs qu'Eugénie ouvrait et fermait en rangeant ses affaires. Elle se délecta de la mélodie apaisante de la harpe de Louis. Comment imaginer tout ça ici ? Cela semblait tellement irréel, improbable, et pourtant…

Elle se redressa, prit une grande inspiration et passa à la lettre suivante. Après quelques nouvelles sans importance et quelques missives administratives, elle reconnut l'écriture de Piero. Au moins était-il encore vivant, celui-là aussi.

« Tante Lisandra, tu ne devineras jamais avec qui je suis en entraînement à Arrow Park ! »

Piero s'était retrouvé dans le camp d'entraînement où atterrissaient tous les militaires et civils français ou autre

---

12. Un terme provençal pour Mamie

volontaire pour combattre pour une France libre. Il s'était lié d'amitié avec un gars du Sud et au fil des conversations, ils s'étaient aperçu que chacun était neveu de Lisandra et Uguet Jauffred. Car l'autre soldat était Tonin.

À nouveau l'émotion submergea Lisandra, qui posa la lettre cette fois et essuya ses larmes. Au moins ils étaient vivants tous les deux, à l'abri en Angleterre pour le moment, et ensemble.

Soulagée de ne pas avoir à mentir à sa belle-sœur, elle reprit la lettre pour la finir. Il racontait les dures conditions du camp, mais il était bien traité et on leur avait attribué une marraine. Du coup, ils avaient demandé la même. C'était une femme du village voisin, veuve depuis cinq ans, pour qui s'occuper des soldats français réchauffait la solitude.

Arrivée au bout de la pile, Lisandra, terrassée par les émotions, s'accorda un thé frais avant de ramasser le carton sous le fauteuil.

De la taille d'une carte postale, celui-ci était à l'entête de la Croix-Rouge de Genève, agence centrale des prisonniers de guerre. Elle se figea instantanément. Piero et Tonin étant en Angleterre, le seul membre de la famille à manquer à l'appel était Uguet !

Elle retourna la carte d'une main tremblante. Elle parcourut des yeux le texte pour partie imprimé, pour partie tapé à la machine.

« Nous avons l'honneur de vous informer que
Monsieur Hughes Jauffred,
né le 12 février 1908 à Salernes
se trouve à :
au camp stalag IX-A numéro prisonnier 38653
en Allemagne

depuis le 8 juillet 1940,
en bonne santé. »

Cela faisait un mois, où était-il entre le dix mai et le huit juillet ? Quand serait-il libéré ? Était-il bien traité ? Des milliers de questions tourbillonnaient dans la tête de Lisandra.

Il était expliqué que c'était là les seuls renseignements que la Croix-Rouge possédait pour l'heure. Il indiquait ensuite la procédure pour écrire au prisonnier et éventuellement lui envoyer des colis. Cette fois, sa main lâcha la carte en tombant sur sa jambe et les larmes coulèrent à flots le long de ses joues.

Le soleil avait tourné quand elle retrouva son calme et ses esprits. Il faisait encore chaud dans le salon, mais elle frissonna. Elle allait devoir annoncer tout ça aux deux adolescents de sa maisonnée, puis à Marie et aux parents d'Uguet, et à sa sœur Lisabeu. À cette perspective, son courage la quitta et les larmes revinrent.

Ce fut le silence qui la ramena à l'instant présent. La harpe s'était tue, remplacée par des chuchotements. Les deux cousins étaient assis en tailleur sur le lit de Louis et celui-ci déballait l'un après l'autre les instruments dont il savait jouer. Outre la harpe et la lyre, ses préférés, il y avait une flûte Piccolo, une flûte de Pan, un harmonica, un banjo, un ukulélé, un triangle… Lisandra s'appuya à l'encadrement de la porte au moment où il sortait un violon de son étui.

— Tante Lisandra, c'est fantastique tous ces instruments. Je ne connaissais que la guitare de papa, s'écria Eugénie, les yeux brillants.

Lisandra lui proposa de les essayer et de choisir celui dont elle voudrait jouer. Louis ou elle-même lui apprendrait.

— D'accord, mais ce qui m'a toujours fascinée, c'est la fabrication. Chaque fois que papa me laisse sa guitare, je cherche à comprendre comment sont produits les sons.

— Alors c'est Yvoun qu'il faut que tu rencontres. Il est facteur d'anches, un des meilleurs. Les miennes viennent de son atelier depuis vingt ans.

Eugénie, enchantée de la perspective, ne tint plus en place et se leva, arpentant le parquet de la chambre. Lisandra prit son courage à deux mains et leur annonça qu'elle avait des nouvelles des trois disparus de la famille. Ils l'écoutèrent avec inquiétude, mais elle n'avait pas l'air effondrée. Aussi attendirent-ils qu'elle parle calmement.

Elle leur expliqua où étaient les cousins Piero et Tonin. Ils furent satisfaits de les savoir ensemble et à l'abri et tellement fiers qu'ils aient choisi de combattre pour la liberté. Louis fut plus touché de savoir son père prisonnier et posa toutes les questions qui taraudaient Lisandra. Elle lui promit que dès le lendemain ils iraient se renseigner.

Forte de l'expérience précédente, Lisandra se fit accompagner par Louis et Eugénie pour se rendre à la gendarmerie s'enquérir du sort de son mari. Munie du carton reçu de la Croix-Rouge, elle questionna le préposé aux disparus assis derrière son guichet. Considérant la carte notifiant l'emprisonnement d'Uguet, il commença par préciser que celui-ci n'étant plus disparu, elle ne pouvait obtenir de renseignements à ce sujet.

— Toutefois, ajouta-t-il, je vois que vos enfants sont bien inquiets. Alors je vais vous expliquer un peu.

Tous trois se gardèrent bien de le détromper sur les enfants et attendirent avidement ces précisions.

— Votre mari est-il officier, sous-officier ou soldat ?

— Aucun des trois, il est civil.

— Ah, il a dû être trié en fonction de son métier, alors. Que fait-il ?

— Il possède une usine de tomettes, dit fièrement Louis.

— Mais à votre avis, il a dit patron ou fabricant de tomettes ?

Les trois se regardèrent, interloqués. Comment savoir ?

— Que dit-il d'habitude ? interrogea Eugénie, qui faillit finir sa phrase par « tante Lisandra ».

— En général, on dit producteur de tomettes.

— Alors il a dû être trié avec les ouvriers. Faites voir votre carte. Oui, c'est ça, il est dans un stalag, donc avec les sous-officiers et les soldats.

— Qu'est-ce que ça change ? voulut savoir Louis.

Lisandra s'en doutait déjà. Les uns travaillaient, les autres pas. Le confort et la nourriture ne devaient pas être les mêmes non plus. En effet, c'est ce que leur expliqua le gendarme. Non il n'en savait pas plus, les camps de travail étant une création récente des Allemands, il n'y avait pas encore beaucoup d'informations sur leurs conditions de vie.

— Vous pouvez lui écrire, il aura le droit de vous répondre, Madame, comme ça vous en saurez plus.

Effectivement, c'était le mieux à faire. Ils rentrèrent et rédigèrent une longue lettre avec tout ce qui s'était passé ici depuis son départ. Ils joignirent un bloc de papier et des crayons pour qu'il puisse répondre. Ils n'osèrent pas mettre plus, ne sachant pas comment arrivait le courrier.

Il restait à informer la famille. Le midi, sachant tout le monde chez Battistu, elle appela son frère pour lui donner des nouvelles de son fils. Elle leur expliqua qu'il avait retrouvé Tonin en Angleterre. Battistu, qui avait connu Tonin à Salernes vingt ans auparavant, fut ému et content qu'ils soient ensemble. Tous ne surent que penser de la détention d'Uguet. Était-ce dangereux, cela le mettait-il à l'abri des combats ? Heureux de le savoir vivant, personne néanmoins n'osa se prononcer pour la suite.

Ensuite il fallait appeler Salernes, mais le moment du repas était passé. Elle remit au soir son appel, ne voulant pas informer Vittori à un moment où elle était seule à la maison. Lorsque l'heure fut raisonnable, elle appela les Jauffred. Vittori fondit en larmes et Bertoun eut le plus grand mal à masquer son émotion. Heureusement, les nouvelles des garçons étaient bonnes, se dit Lisandra. Quoique, comme le conclut Eugénie, il n'y avait pas de quoi pleurer, ils étaient tous les trois vivants, en bonne santé et provisoirement à l'abri des combats.

Cette journée riche en émotions avait eu raison de Lisandra, qui se retira de bonne heure dans sa chambre, laissant les deux cousins discuter musique.

6
Eugénie

« Un accordeur fait un bon mari... Il sait écouter et son toucher est plus délicat que celui d'un pianiste. »
L'accordeur de piano
Daniel Mason

Le mois d'août était déjà bien entamé. Il fallait décider de l'avenir de la jeune Eugénie. À Corte, on avait parlé d'étudier, mais sans préciser quoi. Le temps était venu de choisir.

La jeune fille, interrogée sur le sujet, répondit immédiatement la musique. Surprise, sa tante demanda des arguments, car elle ne jouait d'aucun instrument et ne chantait pas. Elle apprit alors que sa nièce, depuis peu, aidait les musiciens de Corte à accorder leurs instruments, car selon le curé elle était une « *orehjapura* ». C'est-à-dire une oreille pure, une oreille capable de saisir la moindre fausseté sans connaître la musique. Elle souhaitait donc étudier la musique pour affiner son don et devenir accordeuse.

L'école de musique où Louis étudiait lui-même pour être professeur de musique était fermée au mois d'août. Mais le professeur Raimond, avec lequel Louis et Lisandra avaient lié amitié, possédait une maison de famille à La Crau, non loin de l'exploitation de cannes des Anselme.

Ainsi fut-il décidé de rendre visite aux cousins de La Crau, tous musiciens de surcroît. Les trois Toulonnais prirent le train tôt le matin avec leurs instruments sous le bras, Lisandra sa flûte, Louis sa lyre et Eugénie ses oreilles...

Les retrouvailles avec le clan craurois étaient toujours gaies et bruyantes. Les quatre L furent présentés à la cousine Corse. Elle fit ainsi la connaissance de Lucas, qui avait à peine quelques mois de plus qu'elle et portait le prénom de son père en remerciement de ce qu'il avait fait pour le bonheur de son oncle Uguet, mais écrit à la continentale, avec le S.

Une fois l'effervescence des présentations faites, les six enfants se retirèrent dans la pièce à musique, comme l'appelaient Yvoun et Lisabeu. Il s'agissait d'une pièce inutilisée de l'atelier d'anches, qui avait été transformée en école de musique lorsqu'ils s'étaient tous mis à en jouer. Les répétitions étant parfois bruyantes lorsque le quatuor décidait de répéter du Sidney Bechet ou du Louis Armstrong, Lisabeu les avait expulsés de sa maison.

Lisandra exposa à son beau-frère et sa belle-sœur le projet d'Eugénie. Yvoun connaissait un facteur de guitare installé à Toulon. Il proposa à Lisandra de passer le voir de sa part et de voir ce qu'il pouvait lui proposer. En attendant, l'après-midi, ils iraient rendre visite au professeur de Louis, Yvoun les emmènerait en voiture.

Apparemment la matinée musicale des enfants avait été agréable. Il fut compliqué pour les trois adultes d'avoir la parole, face à six jeunes gens passionnés de musique. Lisandra n'avait jamais vu Eugénie aussi animée. Le rose aux joues d'excitation, elle contrait Léon sur la position d'une note dans un morceau d'Ella Fitzgerald. La tante restait bouche bée des connaissances musicales de sa nièce.

— Mais où as-tu appris tout ça ? Pas à Corte.

— Non, répondit Eugénie, sûrement pas. Quand j'étais en pension à Ajaccio, je n'avais pas l'autorisation de sortir le jeudi. Restant quasiment seule, je m'ennuyais. Le professeur d'arts plastiques m'a proposé de passer un peu de temps avec moi. Je lui ai répondu que j'aurais préféré le prof de musique. Sachant que celui-ci ne voudrait pas, il a contacté une dame qui t'avait donné des cours et elle est venue. Tous les jeudis, nous passions trois heures ensemble. Je n'avais pas le goût à jouer, mais j'ai appris tous les instruments, leur constitution, leur histoire, leur sonorité. J'ai appris l'histoire de la musique, les compositeurs anciens et modernes.

L'assistance n'en revenait pas. La timide et réservée Eugénie avait appris tout ça en cachette de ses parents. Lisandra en fut très fière, une autre fille corse qui s'affirmait ! Voilà qui changeait la présentation à faire au professeur de Louis et au facteur de Toulon.

— Attendez ! Ce n'est pas tout, s'écria Lucette, elle a un diapason.

Elle venait de lâcher l'information comme si elle avait eu une mitrailleuse dans le sac de voyage. Néanmoins, la nouvelle parmi l'assistance férue de musique ne laissa pas de surprendre. Avoir un diapason signifiait qu'elle s'était intéressée au réglage des instruments.

— Et à quoi te sert ce diapason ? demanda Yvoun, curieux.

— La professeure de musique, un jour qu'elle avait amené un violon, m'a joué un morceau pour illustrer le mouvement dit *staccato* que j'avais du mal à intégrer.

Tous suivaient ses explications avec attention, presque bouche bée.

— Sauf qu'une de ses cordes était légèrement relâchée et ça faussait toute la mélodie. Quand elle a eu fini le morceau, je me suis permis de lui faire remarquer qu'elle devait faire accorder son violon.

C'est ainsi que la vieille professeure de Lisandra découvrit qu'Eugénie avait une oreille très sensible et détectait la moindre imperfection. Elle lui avait apporté le diapason et lui avait appris à s'en servir. Par la suite, sans le montrer à sa famille, elle avait fait semblant de s'intéresser à la musique en assistant aux chants corses pratiqués par les hommes. Petit à petit elle avait avancé quelques remarques quand une guitare sonnait faux. Comme à chaque fois les détails relevés s'avéraient exacts, les guitaristes du village prirent l'habitude de lui apporter leur instrument avant une représentation importante.

Luca, son père, savait qu'elle accordait les guitares de Corte et en était fier, mais il n'était pas pour autant question qu'elle en fasse son métier.

L'après-midi, ils présentèrent à M. Raimond non pas une nièce inexpérimentée, mais une accordeuse, débutante certes, mais terriblement prometteuse. M. Raimond testa en quelques minutes l'oreille d'Eugénie. Il joua un passage au piano. Les musiciens les plus chevronnés de la famille se retinrent de montrer leur surprise sur la fausse note. Pour Lisandra et Louis, c'était un jeu. Yvoun, à force de régler des anches, avait distingué l'erreur. Les quatre L soupçonnaient l'erreur, mais n'étaient pas tous capables de l'isoler. Lorsque la main s'immobilisa sur le clavier, Eugénie déclara :

— Le fa mineur dans la deuxième phase était mal placé.

Léon et Lucette, les deux moins habiles, se regardèrent, incrédules.

— Tu es trop forte, affirma la jeune Léa.

Monsieur Raimond, pas encore impressionné, refit le test avec une contrebasse, puis un violon. Enfin, il demanda à Louis de le faire à la harpe. Eugénie les décela tous.

— Il faut absolument que cette demoiselle travaille dans le domaine musical, Lisandra.

Il se tourna vers Eugénie.

— Avez-vous une idée de ce que vous voulez faire de votre talent, Mademoiselle Leccia ?

— Je souhaite travailler chez un facteur d'instruments à cordes pour apprendre à les faire. En attendant de savoir, je pourrais les accorder et raccorder ceux des clients.

Elle déclara ça de la façon la plus naturelle du monde. Yvoun se mit à rire et Eugénie lui envoya un regard courroucé.

— Ne te vexe pas, je ne me moque pas. Mais tu as eu une façon de dire ça qui m'a rappelé ta tante en train de déclarer à Battistu qu'elle voulait rester à l'opéra pour jouer avec l'orchestre. Vous avez la même inébranlable assurance.

— Et si Battistu entendait ça, il ferait la même tête qu'en 1920 quand il a entendu sa sœur, renchérit Lisabeu.

Ils reprirent le train tard et arrivèrent place Puget à la nuit tombée. Eugénie était heureuse comme une petite fille dans une fête foraine d'être sortie si loin, d'avoir pris le train, de rentrer après la tombée du jour. Toutes ces premières fois eurent raison d'elle et elle s'endormit dès qu'elle posa la tête sur l'oreiller. Il fallut attendre le mardi pour aller à la boutique-atelier du facteur, car le jour férié du 15 août allongea le weekend. Le jour dit, elle fut prête la première et tournait en rond en attendant Lisandra. Elles laissèrent Louis à ses révisions et arpentèrent les rues de Toulon jusqu'au boulevard Tessé où se trouvait l'atelier.

La boutique formait l'angle du boulevard avec la rue Dumont-d'Urville. Deux petites vitrines encombrées d'instruments en tout genre donnaient sur la rue, tandis que l'entrée se trouvait côté boulevard, face au mur de la gare. La clochette tinta à leur entrée et un crâne dégarni se releva de derrière le comptoir recouvert de pièces de bois, de cordes, de clés et surtout d'une immense contrebasse ouverte face à lui.

— Bonjour Mesdames, Armand Sabatoun, pour vous servir.

Armand Sabatoun était grand et sec. On aurait dit un phasme, le corps long et maigre, les membres sans fin et la tête ronde et lisse, jusqu'au coloris de ses vêtements qui le rendait invisible parmi les étagères de sa boutique. Lisandra se présenta et expliqua le motif de leur présence. Le grand bonhomme repoussa du bout de l'index ses lunettes vers ses sourcils fournis. Au nom de Lisandra, son visage s'était éclairé d'un large sourire, qu'il commenta dès qu'il eut la parole.

— J'adore vos solos de flûte, Madame ! Vous êtes le soleil de mes dimanches après-midi. Demandez-moi un instrument en pierre de lune et j'irai dans l'espace vous le chercher, s'enflamma-t-il.

— Je n'en demande pas tant, tempéra la flûtiste, néanmoins flattée.

Il apparut que M. Sabatoun n'avait jusque-là jamais avoué qu'il était victime d'un début de surdité, dû, d'après le médecin, à son poste d'artilleur pendant la Grande Guerre. De fait, il avait à présent beaucoup de mal à accorder les instruments qu'on lui apportait ou ceux qu'il fabriquait. La proposition de prendre Eugénie comme apprentie lui convenait tout à fait.

— C'est la Providence qui vous a envoyée, Mademoiselle, déclara Armand avec emphase à Eugénie, amusée, vous sauvez mon commerce. Car, voyez-vous, j'ai récemment commis des erreurs en réglant un piano chez un particulier et il m'a promis une sale publicité si je lui faisais payer la séance. J'ai donc dû faire mon deuil de trois heures passées chez ce parvenu, jeta-t-il avec dédain.

Il fut entendu que M. Sabatoun apprendrait à la nièce de Lisandra la fabrication des instruments tandis qu'elle effectuerait les accordages à sa place. Il lui verserait un petit quelque chose de temps en temps, pas plus car il ne pouvait pas se le permettre, surtout depuis le début de la guerre. Lisandra lui promit que tous les dimanches il aurait sa place à l'opéra. Pour se faire, elle lui demanda un papier et une plume et rédigea une missive servant de laissez-passer au nom d'Armand Sabatoun pour les séances en matinée le dimanche, à valoir pour une place dans le parterre pour la saison 40-41.

Armand Sabatoun en bredouillait de joie. Pourtant, la flûtiste de l'opéra n'avait pas fait un gros sacrifice, car elle avait droit à cette place pour son époux ou quelqu'un de sa famille. Or Uguet étant prisonnier, sa famille utilisant très rarement ce privilège, le céder au facteur pour la saison prochaine ne lui coûtait pas. Autant en faire bénéficier cet homme, qui allait prendre soin de l'avenir de sa nièce et filleule.

La semaine suivante, Eugénie commença à travailler chez Armand. L'apprentissage se déroulait bien, car il était d'une patience infinie et son élève très éveillée et particulièrement douée.

Début septembre, les Leccia, sans nouvelles de leur fille depuis presque un mois, téléphonèrent chez Lisandra. Mais peu habitués aux horaires de musicienne, ils appelèrent le samedi soir. Lisandra était à l'Opéra, où elle avait emmené Eugénie pour sa première soirée de spectacle. Louis était seul à l'appartement et répondit à son oncle Luca.

Moins au fait des mœurs corses que sa mère, il annonça avec enthousiasme la place qu'avait trouvée sa cousine et le travail qu'elle faisait. Luca et Marina écoutèrent en silence. Marina fut secrètement heureuse que sa fille ait trouvé sa voie. Le père, par contre, n'admit pas que sa fille chérie s'abaisse à un travail manuel alors qu'il l'avait laissée partir pour Toulon dans le but de faire des études. Louis n'y était pour rien, Luca ravala sa colère et se promit de ramener sa sœur à la raison à un autre moment.

Lorsqu'en fin de soirée, les deux femmes rentrèrent et apprirent que Luca savait, elles pâlirent.

— Quoi ? Il ne fallait pas en parler ? Pourtant c'est génial !

Elles lui expliquèrent que ce qui paraissait génial pour un garçon, élevé à Toulon, âgé de quinze ans, se transformait en extrêmement choquant pour une fille, élevée au centre de la Corse, même âgée de dix-neuf ans. Du moins du point de vue de son père, et, ajouta Lisandra, ce n'était pas le père de la famille. À côté de Battistu, Luca passait pour un libéral. Il fallait s'attendre aux foudres de l'aîné des Leccia sous peu. En effet, une dizaine de jours plus tard, une lettre arriva de Corse. Lisandra, qui avait reconnu l'écriture de son frère, s'assit confortablement, car elle savait la missive explosive.

Bien entendu, il n'était question pendant une page et demie que du déshonneur de la famille. Déjà que, elle, Lisandra avait fui pour devenir une saltimbanque, déjà qu'elle avait refusé de fonder une vraie famille, c'est-à-dire qu'elle n'avait eu qu'un enfant, il fallait en plus qu'elle entraîne sa nièce dans un avenir de bas étage en travaillant seule avec un homme toute la journée. Elle les avait trompés, lui, le chef de famille, elle avait déshonoré Luca et Nicola, Marina ne comptait pas, et si son patron se comportait mal le nom des Leccia de Corte serait sali à jamais. Bref, il était furieux et réclamait le retour immédiat de l'insolente.

Lisandra poussa un soupir. Décidément, son frère ne s'ouvrait pas l'esprit, malgré ses enfants et les temps qui changeaient. Elle reprit la lettre et poursuivit sa lecture. L'écriture changea, c'était Luca cette fois. Il décrivait sa surprise, sa peine de ne pas avoir été consulté, ni informé, sa déception pour les études. Mais il convenait qu'il se doutait qu'un métier dans l'art musical lui plairait. Il avait bien vu ses yeux briller quand quelqu'un lui amenait sa guitare à accorder. Il concluait en promettant de calmer Battistu pour obtenir en échange qu'elle veille au plus près à l'intégrité des rapports de sa fille avec son patron.

Lisandra posa la lettre sur le guéridon et sourit. Cher Luca, il avait toujours été de son côté, compréhensif du désir d'indépendance de certaines femmes. Sa fille en faisait partie, soit. Qu'elle y réussisse aussi bien que sa tante.

7
Les vaches maigres

« Le mot résister doit toujours
se conjuguer au présent »
Lucie Aubrac

Uguet avait reçu la lettre de Lisandra. Sa réponse arriva courant septembre. Il leur demandait de ne pas envoyer de colis, car il était sans cesse emmené à l'extérieur pour travailler sur l'entretien et la réparation des voies de chemin de fer. Pendant deux semaines il était sur une portion de rail, dormait chez l'habitant ou dans des hangars-dortoirs. Il rentrait au stalag quelques jours, au maximum une semaine, puis il repartait sur un autre chantier. C'était dur, heureusement il était habitué à un travail physique. Mais certains de ses collègues étaient des bureaucrates, des instituteurs, des étudiants. Ceux-là avaient eu des ampoules plein les mains et des courbatures pendant les premières semaines. Il s'était lié avec un jeune de Brignoles, vingt-huit ans, Olivier Girard. Son père et lui travaillaient dans un moulin à huile près de Barjols. Il avait laissé au village sa femme et ses deux fils de quatre ans et six mois. Il avait beau recevoir des lettres rassurantes, il s'inquiétait sans arrêt pour eux. Uguet et lui échangeaient les nouvelles du pays au travers des lettres de Vittori, Lisabeu et Lisandra. Pour Olivier, avoir des informations de la situation aux quatre coins du Var était rassurant. Par contre, ils n'avaient aucune idée de leur avenir. Rien ne filtrait. Même ceux qui se liaient avec les gardiens, pour essayer d'en tirer des avantages ou des informations, n'obtenaient rien. Il y avait eu quelques évasions, en majorité échouées et sévèrement punies. Il fallait donc être obéissant et patient. L'obéissance était une notion relative, car l'exécution des travaux se faisait en général à un rythme difficilement plus long et les erreurs ou les incidents étaient monnaie courante. Les outils se brisaient avec une facilité et une fréquence jamais vue. Les Allemands s'énervaient, menaçaient, bousculaient le fautif. Puis le travail reprenait tout doucement. Et un peu plus tard, un autre manche de pioche cassait, le chantier s'arrêtait… C'était leur manière de résister, de ne pas trop aider l'ennemi.

Les nouvelles de Corse étaient semblables à celle du Var. Les cartes d'alimentation avaient été distribuées. Toutefois, l'agriculture locale compensait largement la pénurie d'approvisionnement. Les Corses réagirent violemment face aux Italiens voisins. Des chants et des pamphlets circulaient, reprenant les paroles que Jean-Baptiste Feracci avait prononcées en décembre 1938 :

La Corse n'est pas à vendre
La Corse n'est pas à donner
La Corse de Sampiero
La Corse de Paoli et des Cinarchesi ne s'est donnée
qu'une fois
Elle s'est donnée à la France.

À bon entendeur… Les Leccia père et fils suivirent ces paroles avec détermination et attendirent l'envahisseur de pied ferme.

À Toulon, la vie s'était organisée. Louis avait repris les cours à l'école de musique et au lycée. Son désir d'enseigner la musique s'était renforcé depuis qu'Eugénie était là. Cette dernière était la plus heureuse des jeunes filles, son travail chez Armand Sabatoun la comblait. D'une part elle apprenait auprès de son patron tous les secrets de la confection des instruments, d'autre part elle rendait service en accordant ceux qu'apportaient les clients ou ceux qu'elle allait accorder à domicile, comme les pianos.

Pour la vie domestique, ils avaient partagé les tâches selon les libertés de chacun. Lisandra ne travaillant pas le matin, allait faire la queue dans les magasins avec les cartes de ravitaillement. Louis et Eugénie s'occupaient du repas du soir et aidaient à l'entretien de l'appartement le weekend. Le jeudi après-midi, Armand Sabatoun laissa à Eugénie le loisir de passer avec sa tante et son cousin le seul moment libre pour tous les trois. Selon le temps, c'était des promenades sur le Faron, aux Sablettes après avoir pris le ferry, ou bien ils restaient à l'appartement à jouer de leurs instruments, parler musique. Louis apprenait à Eugénie les rudiments des instruments qu'elle était amenée à accorder.

L'hiver fut précoce en cette année 1940. Ajouté au manque de marchandises, le cours Lafayette s'était vidé. Le joyeux tintamarre du marché quotidien s'était tu. La tante Ursuline, qui ne bougeait plus guère de sa maison en haut du cours, était désolée de ne plus observer l'agitation qui meublait ses matinées depuis plus de quarante ans. Il faut dire qu'à trente-six francs le kilo de sardines, il fallait être riche pour faire son marché, dorénavant.

Au début de novembre, il y eut le 12 des pluies si abondantes que plusieurs quartiers furent inondés. À la Rode, on mesura jusqu'à quarante centimètres d'eau. Sur le boulevard de Strasbourg, l'artère principale de Toulon, une belle avenue bordée d'immeubles haussmanniens sur laquelle les coulisses de l'opéra débouchaient, le tramway fut bloqué par l'eau accumulée. Il s'ensuivit une belle pagaille au centre-ville.

C'est au cours de cet automne maussade qu'il vint à l'atelier d'Armand pour la première fois. C'était un mardi de fin novembre, il avait plu toute la journée. La nuit était tombée depuis un moment déjà. Eugénie était en train de ranger son travail en cours avant de rentrer. Armand était dans l'arrière-boutique, il préparait des colis depuis plus d'une heure avec un soin qu'elle ne lui connaissait pas. Quand elle lui avait proposé son aide, il l'avait rabrouée sèchement, ce qui était inhabituel. Elle ne se formalisa pas, il avait le droit d'avoir des soucis, des secrets, des choses qu'il ne pouvait partager avec une jeune fille qu'il connaissait depuis trois mois à peine.

Lorsque les clochettes de la porte d'entrée tintèrent, elle était perchée sur l'escabeau en bois, elle rangeait les cordes dont elle n'avait plus besoin dans le tiroir correspondant aux cordes de cette qualité et de cette taille. Armand était intransigeant sur le classement des pièces et elle le comprenait tout à fait, car elle aussi avait horreur de chercher ce dont elle avait besoin. Elle tourna la tête au-dessus du tiroir et fut face à un sourire ravageur. Cela lui prit quelques fractions de seconde pour mettre un visage autour de ce sourire. Il s'agissait d'un jeune homme, un peu plus âgé qu'elle, peut-être vingt-quatre ou vingt-six ans. Son visage avenant et ses yeux pétillants allaient de pair avec son allure dynamique, mais très correcte. Il demanda si Armand était là. Elle n'eut pas le temps de répondre que le patron arrivait, chargé des paquets qu'il avait emballés. Il les remit à l'inconnu, qui les salua de son sourire charmeur et disparut dans la nuit.

Eugénie mit plusieurs jours à s'en remettre, le sourire et les yeux pétillants peuplaient ses rêves. Lisandra et Louis la voyant rêveuse, la taquinèrent. Elle rougissait alors instantanément et déniait aussitôt avec force toutes les allégations de sa tante et de son cousin. Puis, les jours passant, elle rangea l'impromptue apparition dans ses souvenirs et reprit son humeur joyeuse habituelle.

Les fêtes de fin d'année se déroulèrent à Salernes comme d'habitude. Toute la famille Jauffred encore présente était là. Eugénie fut heureuse de connaître tous les cousins et cousines de Louis. L'atmosphère, bien que moins joyeuse qu'auparavant, fut agréable et lui empêcha d'être nostalgique. Ce qui ne fut pas le cas de Chjara à Corte, qui voyait sa tablée de fête réduire chaque année alors que les mariages et les naissances auraient dû l'agrandir. Mais avec Piero à la guerre et Eugénie à Toulon, pas question de mariage.

L'année 41 commença dans le froid, marquée par les premières difficultés pour se nourrir et trouver les marchandises de base, comme la lessive. Lisandra avait ramené des cageots de Salernes et allait régulièrement à La Crau chercher des conserves. Pour le reste, on s'était remis au savon de Marseille, un peu rude pour la peau, mais tellement économique.

Début janvier, les pénuries se firent tellement sentir que les familles descendirent dans la rue pour des manifestations, qui ne résolvaient rien, mais donnaient l'impression que quelque chose pouvait être fait. La morosité s'installait, les Toulonnais n'avaient plus goût à se distraire. Les restaurants se vidèrent, les cinémas étaient à moitié pleins, l'opéra jouait souvent devant un quart de salle et avait réduit à trois les représentations hebdomadaires.

Fin janvier, « beau sourire », comme l'avait étiqueté Eugénie dans sa tête, passa à nouveau au magasin. Cette fois, elle ne fut pas surprise, car Armand avait empaqueté une bonne partie de l'après-midi. Quand les clochettes tintèrent, elle nettoyait le comptoir qu'elle venait de dégager du capharnaüm accumulé dans la journée. Elle leva la tête lentement, recomposant le sourire dans sa mémoire. La chaleur du vrai sourire la frappa de plein fouet. Il était décidément très séduisant, cet inconnu qui apparaissait et disparaissait à la boutique sans explication. Armand lui remit le colis préparé l'après-midi et il s'effaça dans l'obscurité de la rue une nouvelle fois. Armand lui lança un coup d'œil en coin. Elle n'avait pas l'air de se poser de question et c'était bien.

Il réapparut ainsi tous les deux mois à peu près et toujours à la même heure, toujours aussi vite, ne disant toujours que le minimum — bonjour, merci, au revoir. Cependant, était-ce son imagination, Armand avait la sensation que les regards de son coursier s'attardaient de plus en plus longtemps sur sa jeune apprentie. Un jour où elle était absente, sortie chez un client pianiste, il rajouta à son court dialogue une question sur la jeune fille. Une autre fois, c'était en mars, Armand était rentré chez lui le midi, victime d'une fièvre intense. Il lui avait laissé des consignes précises.

— Ces trois boîtes, tu ne les ouvres sous aucun prétexte. Tu les emballes comme les deux autres avec deux couches de papier. Je peux te faire confiance ?

Elle avait promis et avait emballé sans regarder, malgré l'envie qu'elle avait de savoir. D'autant que les boîtes étaient bien lourdes pour leur taille. Elle eut d'ailleurs du mal à toutes les prendre pour les amener au jeune coursier. Il ne prononça pas plus de mots qu'à l'accoutumée, si ce n'est un « ah ! » surpris lorsqu'il apprit l'absence de son interlocuteur habituel. Eugénie resta pensive un moment après sa disparition dans la rue. Elle se retint de questionner Armand le lendemain. Pourtant, elle aurait tant aimé en savoir plus. Le jeune homme, au-delà de son charme qui la faisait frémir, avait l'air de pratiquer une sorte de trafic. Peut-être le marché noir, dont on entendait de plus en plus parler, peut-être de l'espionnage ou le passage de clandestins. Son imagination vagabondait. Elle n'en respecta que mieux Armand, qui devint une sorte de héros à ses yeux.

Au mois de mai, une grande nouvelle courut les rues : des prisonniers devaient être libérés. Lisandra, qui avait reçu des nouvelles d'Uguet datées demi-avril, n'y croyait, pas car son mari n'y faisait même pas allusion. Pourtant, mi-mai, des retours furent annoncés officiellement. Mais il s'agissait d'officiers de marine. En fait, la France avait négocié des échanges de prisonniers, sauf que les Allemands rendirent les officiers qui ne leur servaient à rien au lieu des soldats promis, tandis que la France leur remit des Juifs raflés par la milice à la place des volontaires pour le travail en Allemagne. Les deux parties furent officiellement satisfaites de la collaboration des deux nations, alors que hors oreille ils étaient furieux de s'être fait berner.

Tout un groupe d'officiers regagna Toulon, mais pas de civil, pas de soldat ni de marin.

Piero et Tonin attendaient en Angleterre le feu vert de l'état-major pour libérer la France.

L'été 42 fut généreux avec les paysans et les récoltes furent abondantes. Dès la fin de la saison de l'opéra et des cours de Louis, Eugénie obtint un congé pour aller à Salernes aider aux récoltes et aux conserves. Il en fut promis une cagette à Armand. Après les périodes difficiles de l'hiver, tous avaient besoin de calme et la campagne était parfaite pour ça.

Un soir que les plus jeunes étaient partis avec Bertoun à une baignade nocturne – ici pas de couvre-feu comme en zone occupée – Vittori, Lisandra et Eugénie étaient sous la tonnelle. Elles profitaient de la fraîcheur relative de la nuit, allongées sur des chaises longues, une limonade à portée de main. Lisandra reposa son verre en soupirant d'aise. Ses doigts étaient encore teintés de vert d'avoir épluché des cœurs d'artichaut tout l'après-midi. Le silence fut interrompu par la petite voix d'Eugénie, toute timide.

— Ma tante, je voudrais te poser une question. Est-ce que tu sais si Monsieur Sabatoun fait du marché noir ?

La question surprit la tante et intrigua Vittori. L'introduction ne les avait pas conduites à ce sujet-là.

— Je n'en ai aucune idée. Pourquoi cette question ? Quelque chose a attiré ton attention ?

Gênée de trahir le secret de son patron, la jeune fille raconta les visites régulières du jeune homme. Elle ne précisa pas l'ampleur de l'effet de « beau sourire » sur elle, cependant les deux femmes perçurent dans une vibration supplémentaire de sa voix que sa curiosité n'était pas seulement liée aux activités éventuellement illicites de M. Sabatoun.

— Tu dis que ce sont toujours des boîtes de la même dimension, pas très grosses, mais lourdes.

— Oui.

— As-tu déjà assisté aux préparatifs de la chasse au cochon chez ton père ?

— Bien sûr, quel rapport ?

— Les boîtes de munitions, pour les fusils de chasse, tu t'en souviens.

— Oh, oui ! Je n'ai pas pu les soulever avant mes dix ans ! Et elle fit la relation…

— Armand fait du trafic de munitions !

— Non, reprit calmement Vittori, il procure à la résistance de quoi se défendre et s'organiser pour le moment.

— Le moment ? Quel moment ? interrogea Eugénie.

— Le moment où Tonin et Piero viendront d'Angleterre avec le général de Gaulle pour libérer la France.

Eugénie comprit ce jour-là que des événements se préparaient en cachette et que la paix apparente qui régnait en France n'était qu'une façade. Une grande partie de la population n'avait pas baissé les bras devant l'occupant et s'activait secrètement pour le grand jour. Aussi, à son retour à la boutique en septembre, Eugénie fit plus attention à ces petits détails qui détonnaient dans la boutique d'Armand. Elle remarqua des petits mots qui étaient dans la boîte aux lettres, sur lesquels Armand se précipitait quand elle ramenait le contenu de la boîte. Il s'enfermait alors dans son bureau au premier étage pour les lire et y répondre. Il lui confiait d'autres petites feuilles pliées en huit à glisser dans une boîte ou sous une porte. Ainsi, sans le faire exprès, elle connut les adresses de tout le réseau de la ville de Toulon.

Armand lui faisait confiance. Il avait perçu le changement dans l'application de la jeune fille à son retour de villégiature à Salernes.

« Beau sourire » revint à la mi-septembre. Il ne cacha pas sa joie de la revoir à l'atelier. Armand, ce jour-là, le fit monter au premier et ils discutèrent quelques minutes avant qu'il ne reparte avec ses boîtes soigneusement emballées. À partir de là, son attitude devint moins impersonnelle. Il la saluait plus personnellement jusqu'au jour de début octobre où il lui demanda son prénom. Eugénie, intimidée, ne savait plus répondre.

— Et bien, vous ne savez plus votre nom. Alors je vais vous en donner un au hasard.

Il fit mine de réfléchir intensément. Ses sourcils froncés le rajeunissaient et lui donnaient l'air d'un adolescent cherchant une excuse à une incartade. Cela la fit sourire. Il lui décocha à son tour son plus beau sourire. Ils étaient ainsi immobiles, hypnotisés l'un par le sourire de l'autre, quand Armand arriva.

— Ah ! Eugénie, il faut quand même que je te présente Julien.

Voilà, les prénoms étaient lâchés. Chacun se dit en lui-même que ce prénom lui seyait à merveille. Armand, attendri, ne manqua pas de voir le magnétisme qui régnait entre les deux jeunes gens. Le soir, au repas place Puget, Lisandra et Louis eurent du mal à tirer une phrase d'Eugénie. Elle était perdue dans ses pensées. Et ses pensées étaient toutes tournées vers Julien.

8

Le sabordage

*« Le monde ne comprendra jamais que les grands
hommes ne sont pas ceux qui gagnent, mais ceux qui
n'abandonnent pas quand ils ont perdu. »*
Cécile Coulon

Le huit novembre, les Britanniques et les Américains
débarquèrent en Afrique du Nord. Les Alliés dénommèrent
cette opération « Torch ». Grâce à l'attaque simultanée à El
Alamein des Britanniques et à celle de Stalingrad par les
Soviétiques, la guerre prit un tournant considérable.

En représailles, les Allemands envahirent la zone libre
progressivement et les Italiens franchirent la frontière
jusqu'au Var. L'opération Lila, ainsi que la nomma Hitler,
fut la riposte à Torch.

Le vingt-quatre novembre, les ports de Marseille, Sète
et Port-Vendres furent aux mains de l'occupant. Jusque-là,
les Allemands n'avaient pas rencontré de résistance
significative. La neutralisation de la base aéronavale
d'Hyères n'avait pas présenté de difficulté majeure. Le
village de La Crau et l'exploitation de canne d'Yvoun et
Lisabeu virent passer les chars allemands.

Tout le monde savait que Toulon ne se rendrait pas
sans se défendre. Alors les hommes du général SS Hausser
s'installèrent à Ollioules, à sept kilomètres derrière Toulon.

La tactique impliquait quatre groupes, positionnés dès le vingt-cinq novembre.

Le premier groupe viendrait de Bandol et se dirigerait vers la presqu'île de Saint-Mandrier pour s'emparer de la base aéronavale qui protégeait l'entrée de la rade. Ce serait trois mille hommes qui avaient pour tâche finale d'installer une batterie neutralisant la surveillance côtière.

Le deuxième groupe comporterait le plus gros effectif, quatre mille deux cent cinquante hommes, et aurait la mission la plus importante. Ils viendraient d'Aix-en-Provence et passeraient par la nationale huit pour atteindre l'ouest de Toulon. Son but : investir l'Arsenal et atteindre les appontements Milhaud, où se trouvait la flotte dite « de haute mer ».

Le troisième groupe, de la même taille que le premier, viendrait aussi d'Aix, mais en se dirigeant vers les forts dominant Toulon sur le mont Faron.

Quant au quatrième, petit groupe de mille trois cent cinquante hommes, mais issus de l'élite, il devrait investir par l'est le fort Lamalgue, où se trouvait le commandant de la zone Méditerranée et occuper le central téléphonique. Il se dirigerait vers le Mourillon, lieu où étaient basés les sous-marins.

L'opération serait soutenue par l'aviation pour éclairer les cibles, immerger des mines, bombarder d'éventuels fuyards et tout allait se dérouler comme prévu à une chose près. Depuis le début du mois, les Jauffred de Salernes et de Toulon ainsi que les Anselme de La Crau suivaient avec inquiétude la progression des forces allemandes. Bien qu'apparemment tout se passa dans le calme, certains endroits tentèrent de résister et le payèrent cher. Les Français étaient partagés entre le soulagement que rien de violent n'arrivât plus et la colère de voir le gouvernement de Vichy baisser les bras. Lisandra vitupérait après la radio dans le salon place Puget. Elle tournait en rond d'impuissance. Louis s'enflammait à son tour et déclarait fougueusement que seul son âge lui interdisait de rejoindre Londres au plus vite.

Eugénie restait plus pondérée. C'est que depuis le huit, les visites de Julien s'étaient intensifiées et la quantité de boîtes qui passait par l'atelier d'Armand augmentait chaque semaine.

Un soir, ce devait être le quinze novembre, Julien arriva un peu avant dix-huit heures comme d'habitude. Il affichait un air inquiet. Armand aussi était plus agité qu'à l'accoutumée. Compte tenu des événements, cela ne surprit pas Eugénie. Elle réalisa tout l'après-midi avec calme et assurance ce qu'Armand n'arrivait visiblement pas à faire. Dès l'arrivée du jeune homme, il lui fit signe de monter. Ils s'enfermèrent un bon quart d'heure à l'étage. Eugénie entendit quelques mots d'une conversation visiblement orageuse. Les mots « trop jeune », « la mêler à ça », passèrent la porte. Elle commença à comprendre qu'il s'agissait d'elle. Aussi, quand ils redescendirent, elle scruta leur visage avec attention. Les deux hommes affichaient un air contrarié. Ils portaient tous deux une belle quantité de boîtes. La jeune fille ne put que se demander comment Julien allait pouvoir transporter tout ça à lui seul. À moins qu'un collègue ne l'attendît dehors. Elle observa la nuit noire du trottoir sans y distinguer quoi que ce soit. Dépitée, elle reporta son attention sur les deux hommes, qui la regardaient.

— Eugénie, commença Armand d'un ton grave, nous avons un service à te demander.

La jeune fille comprit aussitôt qu'elle allait passer d'apprenti facteur à agent de la résistance. Elle sentit en elle des ondes contradictoires la parcourir, la fierté de servir son pays, la joie de travailler avec Julien, l'envie de faire plaisir à Armand. Mais d'un autre côté, c'était rentrer dans un monde clandestin dangereux, ne parler à personne, se méfier de tous. Et si elle se faisait prendre ? Elle ne préférait pas y penser.

C'est ce que Julien était en train de lui expliquer sans la partie le concernant, encore qu'il aurait pu en dire autant. Quand il eut fini, le silence se fit dans l'atelier. Eugénie savait qu'elle allait dire oui, mais elle hésitait à répondre aussi vite.

— Je suis d'accord pour t'aider, Julien. Je serai muette comme une carpe, même si je sais que ma tante m'approuverait à fond. Que faut-il faire ce soir ?

Un éclair d'admiration passa dans les yeux d'Armand, mêlé d'amour filial, et dans les yeux de Julien, mêlé d'un autre sentiment plus animal.

Il s'agissait d'aider Julien à livrer les boîtes, bien entendu. De ce fait, elle connaîtrait la planque du réseau et à partir de ce moment, elle serait en danger.

Elle passa son manteau, se chargea du maximum de boîtes qu'elle pouvait. Julien prit le reste et ils s'engouffrèrent dans la nuit. La rue était sombre, Eugénie suivait la silhouette qui la précédait. Ils arrivèrent à la place de la Liberté. Ici l'éclairage public était maintenu. Julien, instinctivement, bifurqua dans la première rue plus sombre. Ils zigzaguèrent ainsi jusqu'aux petites rues derrière les Halles. Le jeune homme connaissait le parcours par cœur et il prenait des chemins détournés pour y aller. « Au cas où », chuchota-t-il à Eugénie, qui s'en étonnait. Un frisson lui parcourut le dos. Elle y était trempée jusqu'au cou dorénavant. Tout à coup, il bifurqua dans l'un des nombreux passages sous les maisons. Il s'y arrêta et toqua à la porte qui s'y trouvait. Deux coups, cinq secondes, deux coups. Quelques poignées de secondes après, ils entendirent bouger à l'intérieur et la porte s'entrebâilla.

— Qui est-ce ?

— Captain Morgan et sa belle, répondit Julien.

— Sa belle ? Connais pas, dit la voix en repoussant la porte.

Julien ajouta alors :

— Captain Morgan t'en a pourtant parlé. C'est la fille de Barbe noire.

Un grognement approbateur passa l'entrebâillement et la porte s'ouvrit. Julien s'y engouffra, suivi d'Eugénie, de plus en plus ébahie. L'intérieur ressemblait à toutes les maisons toulonnaises, sauf que passé la cour, on entrait dans un dortoir. Trois colonnes de lits superposés occupaient les murs. Au centre, une grande table réunissait la petite dizaine d'occupants. Des hommes jeunes, échappés à la conscription ou inaptes, des moins jeunes, qui avaient choisi de sauver leur pays d'une autre manière. Sur la table tout un fourbi d'armes, de munitions, de nourriture se mêlait. Julien poussa le tout pour poser ses boîtes et invita Eugénie à en faire autant. L'assemblée masculine évaluait la jeune fille sans discrétion. Julien, se doutant de sa gêne, allait intervenir lorsqu'elle prit la parole.

— Bonsoir à tous. Je suis nouvelle parmi vous, mais vous pouvez me faire confiance. Chez moi, quand on prend le maquis, on ne trahit jamais ceux qu'on y rencontre. Pour vous, je serai la piculu, ça veut dire la pitchoune[13].

---

13. « Petite » en provençal

Un silence impressionné suivit cette entrée en matière.

— Et ben ! Le minot ne s'est pas trompé. Elle en a, la piculu, s'exclama le plus ancien.

Julien, fier comme un coq, souriait à Eugénie, encore rouge du courage déployé pour passer outre la réserve apprise dès le plus jeune âge aux femmes Corses.

Mais il ne fallait pas s'attarder. Chacun devait rentrer chez lui à une heure raisonnable. Ils ressortirent dans le passage, qui s'avéra être celui de la rue des Riaux. Eugénie était donc tout près de chez Lisandra. Arrivée dans la lumière de la place du Théâtre, elle le signala à son compagnon. Enchanté de cette aubaine, il proposa de la raccompagner à sa porte. La jeune fille, aux anges, prit la direction de la place en compagnie de Julien. Il prit congé d'une bise furtive sur la joue et fila dans la rue qui rejoignait le boulevard. Elle resta figée, la main sur la joue, quand une silhouette familière se dessina dans l'entrée. Sa tante arrivait du théâtre, où elle avait répété. Elle surprit sa nièce en pleine confusion, mais eut la délicatesse de ne pas s'en apercevoir.

À partir de ce jour-là, Julien emmena Eugénie à chacun de ses passages. La planque du passage des Riaux s'avéra ne pas être la seule dans le centre-ville de Toulon. La jeune fille fit connaissance avec le réseau de la ville. Elle apprit aussi que le réseau du marché noir n'avait rien à voir avec celui de la résistance et qu'il fallait même s'en méfier, car les intérêts économiques attiraient des individus au patriotisme versatile et discutable.

Le soir du vingt-six novembre, Julien raccompagna Eugénie jusqu'à sa porte. Dans l'ombre de l'entrée, le jeune homme saisit la main d'Eugénie et au lieu de sa joue, il effleura ses lèvres. Instinctivement les doigts de la jeune fille se resserrèrent autour de la main de Julien. Encouragé par cette pression, il reposa ses lèvres sur la bouche offerte. Leur baiser fut chaste et timide, mais il resterait dans leur mémoire, aussi vivace que le reste de cette nuit du vingt-six au vingt-sept novembre 1942.

Lisandra se retourna dans ses draps encore une fois. Décidément, quelque chose ne semblait pas normal dans l'atmosphère. Elle se leva et alla directement au salon pour regarder sur la place. Eugénie et Louis l'avaient précédée. Tenant chacun un côté de l'épais rideau qui masquait les vitres, ils regardaient dehors, fascinés.

— Que se passe-t-il ? interrogea Lisandra en chuchotant, comme si quelqu'un pouvait l'entendre d'en bas.

— Les Allemands… annonça laconiquement Louis.

Il était cinq heures trente. Depuis une heure, l'offensive pensée par les Allemands se déroulait autour et dans Toulon. Le fort Lamalgue avait été pris et l'amiral Marquis arrêté. Son adjoint eut le temps d'avertir le responsable de l'Arsenal, qui répercuta l'alerte vers le commandant du Strasbourg. Celui-ci alluma ses feux, les équipages furent réveillés et prêts à partir. On attendait les ordres du gouvernement de Vichy. Le Strasbourg s'éloigna du quai pour ne pas être abordé. À l'heure où Lisandra regardait par la fenêtre, les Allemands larguaient une quarantaine de mines magnétiques à la sortie de la rade, fermant la seule issue pour fuir. Vichy ne donnait pas de consigne, le sabordage restait la seule option honorable possible. À cinq heures quarante-cinq, l'ordre fut donné par l'amiral Laborde.

Tandis que quatre sous-marins avaient réussi à prendre le large, un cinquième se saborda, ne pouvant sortir de la rade. Chaque navire, averti par les signaux lumineux convenus du Strasbourg, ouvrit ses sabords, ses vannes situées sous la ligne de flottaison. Puis la charge explosive préparée au niveau des machines et des pièces d'artillerie fut mise à feu.

Entre six heures et huit heures, la quasi-totalité de la flotte militaire française fut coulée dans le port de Toulon. Ils furent coulés droit, chavirés ou incendiés en à peine deux heures, les équipages furent évacués et les Allemands ne purent que regarder ce qu'ils ne pouvaient conquérir. L'amiral Laborde, prisonnier, fut reçu ainsi que son état-major, par le général Hausser à Ollioules, puis, après avoir été conduit à Aix, il fut libéré.

Lisandra, Louis et Eugénie s'habillèrent à la hâte et prirent la direction du Faron. Aucun autre endroit ne pourrait mieux leur donner un aperçu des dégâts. Arrivés sur la corniche, ils se dirigèrent vers le virage, où la vue dégagée de toute végétation permettait d'embrasser du regard l'ensemble de la rade. C'était une vision d'apocalypse. Les navires finissaient de couler couchés sur le flanc, les panaches de fumée s'élevaient un peu de partout. De temps en temps des munitions oubliées explosaient. Ils restèrent immobilesun bon moment, stupéfaits, à suivre des yeux les colonnes de fumée noire, à sursauter à chaque explosion, comme touchés dans leur chair. Puis ils reprirent le chemin de la place Puget. Dans les rues de Toulon, la population médusée assistait à l'arrivée des chars allemands. Une pagaille indescriptible régnait dans tous les quartiers.

Ce matin-là, toute la flotte de haute mer et les bâtiments de combat avaient été coulés. La quarantaine capturée n'était composée que de navires de petit tonnage sabotés, abîmés, désarmés. D'autres purent rallier l'Afrique du Nord et les flottes alliées, dont les quatre sous-marins. Au matin, la ville s'éveilla sous le drapeau nazi, le port fumant encore des débris de ses navires. La population fut effondrée de cette perte.

Les Allemands poursuivirent leur chemin et ce furent les Italiens de Mussolini qui occupèrent le département du Var et l'agglomération toulonnaise.

Chacun reprit ses activités, Lisandra se renseigna sur l'activité de l'opéra. Après quelques jours de fermeture en signe de protestation, les occupants exigèrent la réouverture. Les officiers voulaient se divertir et la réputation de l'opéra avait franchi les Alpes. Lisandra reprit donc sa flûte et joua pour un parterre de militaires italiens en majorité. L'école reprit début décembre, Louis retrouva le chemin du lycée Peiresc et du conservatoire de musique.

Quant à Eugénie, elle retrouva Armand Sabatoun à l'atelier. Il était inquiet pour les résistants, qui allaient devoir travailler désormais au nez et à la barbe de l'occupant. Dans leur malheur, ils avaient l'avantage que ceux-ci soient des Italiens. Ces voisins méditerranéens étaient proches de la population varoise par leur caractère et leur culture. Ce n'était certes pas le cas des Allemands.

Ils reprirent leurs activités parallèles à celle de l'atelier. De toute façon personne n'avait le cœur à jouer de son instrument ou tout simplement le musicien de la famille était parti combattre. L'atelier tournait donc au ralenti, ce qui permit à Eugénie de s'investir de plus en plus dans la Résistance, dont les réseaux commençaient à s'étoffer.

Lisandra ne posait pas de question, mais elle observait les changements chez sa nièce. En quelques mois, elle paraissait être passée d'adolescente à adulte et, même si elle rayonnait du sentiment amoureux quand elle revenait d'une escapade avec Julien, la tante se doutait bien que ce n'était pas la seule raison. Bien entendu, le courrier vers Luca et Marina ne faisait état que de son travail d'accordeuse et de son apprentissage à la confection des instruments. Par prudence envers la censure et par souci de ne pas inquiéter son frère, Lisandra épurait les nouvelles du continent.

Lorsque le facteur lui remit une lettre, son cœur fit un bond dans sa poitrine. Elle observa immédiatement l'enveloppe. Pas de trait noir, ce n'était pas un malheur. Pas de marquage tricolore, ce n'était pas une mauvaise nouvelle. La provenance ? Corte. L'écriture ? De petites pattes de mouche bien régulières. C'était sa mère. Lorsqu'elle prenait la plume ce n'était que pour se plaindre, rarement pour annoncer de bonnes choses ou alors en post-scriptum.

Comme la fois où elle avait écrit pour la naissance de sa dernière nièce. C'était une longue missive de trois pages d'amer constat sur le père qui vieillissait, la terre qui donnait moins, le travail qui allait mal... elle avait conclu en signalant de façon anecdotique queFiora, l'épouse de son frère aîné, avait eu une fille. Et aucune autre précision.

Elle secoua la tête pour chasser ces souvenirs et revint au présent. En soupirant, elle ouvrit l'enveloppe. Un seul feuillet, ce devait être important. Elle parcourut le texte. Sur la première page, fidèle à elle-même, la mère se plaignait. Au moins, en ces temps de guerre, avait-elle de vraies raisons. Puis elle changeait de paragraphe et la phrase commençait par « ma fille, j'ai pensé que... » *Aïe*, se dit Lisandra, *quelle idée avait-elle eue cette fois ?* Elle reprit la lecture. Ses yeux s'arrondirent. Elle secoua la tête en signe de dénégation. Ayant fini la lettre, elle se laissa aller dans son fauteuil, tourna la tête vers la fenêtre et s'y perdit. Dehors, les oiseaux étaient très occupés à chercher de la nourriture. Ils allaient et venaient dans les platanes qui bordaient la place et ombrageaient le salon de l'appartement de Lisandra. Quelques minutes passèrent, elle revint vers la feuille restée en suspens dans sa main.

Lisandra jeta un dernier coup d'œil à la lettre, maintenant posée sur la table devant elle. Elle releva la tête, son regard se perdit encore un instant au-delà de la fenêtre vers les pentes du Faron. Elle soupira encore, attrapa le feuillet couvert de la petite écriture fine si familière. Elle le replia soigneusement, le replaça dans son enveloppe. Elle se leva et glissa le courrier dans sa poche.

Sa décision était prise. Elle savait ce qu'elle allait répondre à sa mère. Oui, les Italiens et les Allemands avaient bombardé Toulon. Oui, il y avait eu des dégâts, encore que peu. Mais, non, elle ne partirait pas. Il lui restait déjà si peu. Son père était décédé. Son époux était prisonnier en Allemagne. Son neveu était quelque part sur le front. Son autre neveu était dans le maquis. Sa belle-famille était à Salernes depuis toujours. Ils garderaient les enfants de toute la famille à l'abri de la guerre si nécessaire. Si elle rentrait en Corse, ce serait pour obéir comme une gamine irresponsable aux ordres de l'homme de la famille. Sauf qu'il avait seize ans à peine et que c'était son neveu. Ainsi allait la coutume dans son île. Et puis, il était hors de question qu'elle abandonnât le seul bonheur qu'il lui restait. Car, elle en était sûre, son neveu ne tolèrerait jamais qu'elle jouât de la flûte tous les jours. Même si, lui, il retrouvait ses amis tous les soirs pour chanter. Lui, ce n'était pas pareil, c'était des chants corses.

Non, définitivement, elle allait rester Toulon. Elle allait continuer à s'entraîner à son instrument toute la journée. Et le soir, elle honorerait son contrat auprès de l'orchestre de l'opéra. Elle jouerait pour accompagner un opéra, un chanteur solo, une diva ou toute autre représentation programmée. Et qu'importait si le public était français, italien ou allemand. Ce qui comptait, c'était qu'il appréciât la musique et tous les instruments qui la composaient. Mais surtout, elle avait le bonheur d'Eugénie à préserver.

9
Les résistants

« Je ne savais pas que c'était si simple
de faire son devoir quand on est en danger »
Jean Moulin

C'est ainsi que l'hiver 42-43 passa. L'occupation italienne, bien que moins stricte que l'allemande, provoqua un choc chez les habitants. Ils ne la tolérèrent que difficilement. Les arrestations se multiplièrent et l'OVRA, la police politique italienne, travailla avec la Gestapo de Marseille pour démanteler les réseaux existants. Lorsque, en septembre 43, les Allemands remplacèrent les Italiens, la situation se durcit. Les contrôles furent multipliés, le couvre-feu instauré, les réquisitions des chambres chez l'habitant voire de maisons entières devinrent monnaie courante. Et tous ces locataires forcés n'étaient pas, à défaut d'être aimables, très agréables à loger.

Le plus gros problème vint des réquisitions pour le STO, le service du travail obligatoire. Les hommes qui n'étaient pas mobilisés risquaient d'être pris pour partir en Allemagne contribuer à l'effort de guerre. La classe 42 était la principale visée. Des jeunes gens de vingt à vingt-deux ans se virent emmenés manu militari. Par conséquent, dans le Var comme en Corse, beaucoup prirent le maquis. Ainsi Ange, le second fils de Battistu, et Nicola, le frère d'Eugénie, s'enfuirent de Corte pour rejoindre le maquis. Leur modèle fut Jean Nicoli, sauvagement exécuté par décapitation à coups de poignard en août dernier. Fiora et Marina, déjà privées de leurs aînés, vécurent dans l'angoisse permanente d'une mauvaise nouvelle à compter de ce jour.

Chez les Anselme, ce fut Lucas qui partit dans les Maures rejoindre un groupe qui le fit passer dans le haut Var. Léon, son frère, piétinait d'impatience. Si Yvoun l'avait laissé faire, il serait parti aussi. Mais à seulement dix-huit ans, il ne risquait, pour le moment, rien, donc Lisabeu et son mari insistèrent, supplièrent et obtinrent qu'il restât ne serait-ce que pour les aider à l'exploitation de canne en l'absence de Lucas.

Louis, de son côté, n'était pas encore concerné, mais son tour viendrait vite. Il se posait la question régulièrement. Son cœur l'inclinait à choisir le maquis, car il était hors de question de travailler pour les boches. Mais c'était un artiste, un rêveur, pas un homme d'action et de prise de risques. Aussi était-il bien content d'être trop jeune pour ne pas avoir à se décider.

Eugénie, pour sa part, avait choisi depuis longtemps et ne le regrettait pas une seconde. Il faut dire que la compagnie de Julien y était pour beaucoup. Le jeune couple filait le parfait amour tout en passant marchandises et munitions au nez et à la barbe de l'occupant. Leurs sentiments et leur bonheur d'être ensemble étaient tellement flagrants que les Italiens comme les Allemands avaient plutôt tendance à s'attendrir qu'à se méfier. Ceux dont il fallait se méfier, c'étaient plutôt les Français eux-mêmes. En effet, les miliciens étaient malheureusement dotés d'un zèle incomparable quand il s'agissait de débusquer leurs compatriotes. Les résistants le savaient et s'en méfiaient comme de la peste.

Un dimanche de fin septembre, Armand Sabatoun s'était installé sur un banc du jardin de la ville en face du Palais de justice. Il avait choisi ce moment-là car il avait l'avantage, grâce à la présence d'un énorme platane à proximité, d'offrir du soleil pour le corps et de l'ombre pour la tête. De plus, ce banc-là bordait l'espace central du parc où les enfants des citadins s'exerçaient au vélo ou à la trottinette. Armand, vieux célibataire, n'avait pas eu la joie de côtoyer des enfants. Aussi adorait-il se poster là, le dimanche, à la fin de sa promenade, pour profiter des rires et du mouvement créé par cette belle jeunesse.

Ce même dimanche, Lisandra, délaissée par les jeunes gens de son foyer au profit de la campagne crauroise, avait décidé de s'aérer un peu. Il n'y avait pas de représentation en matinée cette semaine, car l'opérette à l'affiche ne le prévoyait pas. Seules les soirées étaient assurées. Pour une fois qu'elle pouvait profiter d'un dimanche après-midi, elle entreprit de redécouvrir Toulon. Après avoir descendu la rue d'Alger, elle avait longé le port et admiré la résilience des Toulonnais, qui peuplaient les terrasses des cafés malgré tout. Puis elle avait traversé la place d'Armes et, par une petite rue, elle se retrouva entre le Palais de justice et le lycée Bonaparte. Elle ne résista pas à une pause dans la verdure du jardin face à elle. Elle traversa donc le boulevard de Strasbourg pour entrer dans le parc. Après avoir flâné dans les allées, elle avisa un banc seulement occupé par un monsieur d'un certain âge. Il avait l'air seul. Elle se dirigea vers ce banc pour se poser quelques minutes avant de rentrer place Puget. En s'approchant, elle reconnut Monsieur Sabatoun.

Heureux de se rencontrer, ils échangèrent quelques nouvelles et quelques banalités sur les événements en cours. Puis Lisandra, curieuse de tout ce qui concernait sa nièce, se résolut à interroger Armand.

— Armand, je sais qu'Eugénie est amoureuse. Cela se voit depuis plusieurs mois. Connaissez-vous le jeune homme ? Est-ce un de vos clients ?

Le facteur d'instrument se gratta la gorge. Ça, oui, il le connaissait ! Mais que pouvait-il lui dire ?

— Je le connais, oui. Il s'appelle Julien Mesnard, il réalise des courses, des livraisons pour moi et d'autres entreprises de la ville. C'est un excellent garçon.

— Je n'en doute pas. Connaissant Eugénie, elle n'aurait pas supporté un bon à rien. Savez-vous quelle est la nature de leur relation ? Je suis responsable de ma nièce, elle est mineure et mon frère me tuerait si le déshonneur entachait la famille.

Armand ne put empêcher de sourire. Ah ! Ces Corses et leur honneur, c'était bien tous les mêmes.

— N'ayez pas d'inquiétude. Ils sont tellement timides tous les deux que je ne crois pas qu'ils se soient seulement réellement embrassés.

Lisandra ne put s'empêcher de sourire à son tour. Il était vrai que la réserve d'Eugénie était étonnante, mais elle cachait un fort caractère. Aussi la tante se méfiait-elle du jour où la passion l'emporterait sur la timidité. Elle avait encore bien nette à l'esprit la nuit où elle-même avait rejoint Uguet chez la tante Ursuline. La présence de ses propres parents dans la chambre voisine ne l'avait pas arrêtée. Mais elle se garda bien de le raconter à Monsieur Sabatoun. Elle souhaitait aborder l'autre sujet qui la préoccupait concernant sa nièce.

— Armand, j'ai une autre question, plus délicate. Vous n'êtes pas obligé de me répondre si vous n'avez pas confiance.

Le vieil homme, intrigué, la fixa, attendant la question.

— Lequel d'entre vous trois participe à la résistance ? Eugénie m'a posé des questions il y a quelque temps, puis elle n'a plus jamais abordé le sujet. Cependant, elle acquiert une assurance dans ses comportements qui ne vient pas du simple métier d'accordeur.

— Eugénie m'a suffisamment parlé de vous, de Louis et même de votre époux qui est prisonnier pour que je vous fasse confiance. Nous faisons tous les trois partie d'un réseau. Je ne vous en dirai pas plus pour notre sécurité et la vôtre.

Lisandra, même si elle s'en doutait, fut stupéfaite de savoir sa nièce innocente et Monsieur Sabatoun, si discret, tous deux engagés dans un réseau de résistance.

Pourvu que leurs missions ne soient pas trop dangereuses ! Elle s'ouvrit de cette inquiétude à Armand.

— Je ne peux pas vous jurer que ce n'est pas dangereux. En soi, ça ne l'est pas. Il s'agit de livrer des marchandises d'un point à un autre dans Toulon. Julien est aguerri et sait être prudent. Il est toujours avec Eugénie. Elle n'a jamais fait de mission toute seule. Néanmoins…

— Il y a la milice et les collabos, je sais. À défaut d'être sereine, je suis rassurée. Soyez prudent vous aussi. Il ne faudrait pas qu'Eugénie se retrouve sans patron, le taquina-t-elle.

Sur le chemin du retour, elle pensa à ses neveux Ange et Nicola à Corte, Lucas à La Crau. Après Piero et Tonin qui étaient en Angleterre, cela en faisait quatre autres qui s'étaient engagés à défendre leur pays. Ainsi la moitié de ses neveux et nièces était en danger direct car, en danger, ils l'étaient tous depuis août 1939.

Elle décida d'écrire à Luca et Marina, ainsi qu'à Battistu et Fiora, pour prendre des nouvelles des garçons s'ils en avaient. Elle se baserait sur Lucas Anselme pour compatir à leur inquiétude en connaissance de cause. Elle ne pouvait vraiment pas faire allusion à Eugénie. Luca ne tolèrerait pas que sa fille se mêle d'affaires d'hommes et se mette en danger. Quant à Marina, savoir que ses deux enfants étaient en guerre chacun de leur côté lui déchirerait le cœur.

Une dizaine de jours plus tard, Julien arriva à la boutique tout guilleret. Eugénie fut surprise, car elle n'avait pas vu Armand préparer de paquets. De plus, il s'était absenté pour voir un propriétaire de piano dont l'instrument avait besoin du renouvellement de quelques cordes.

— J'ai une communication personnelle à te transmettre, annonça-t-il avec un grand sourire.

Intriguée, Eugénie lui répondit par une mimique interrogative. Comme il minaudait sans répondre pour la taquiner, elle le houspilla gentiment.

— Allez, dis-moi, c'est quoi, c'est qui ?

— Bon, je vais te le dire, mais d'abord, il faut me payer.

— Quoi ? fit-elle en fronçant les sourcils.

Il fit le tour du comptoir et l'enlaça. Son sourire charmeur à quelques centimètres de son visage, elle comprit à quel tarif il souhaitait être payé. Alors ce fut à son tour de minauder.

— Comment savoir ce que je dois payer si je ne connais pas l'importance de la communication.

— Disons que ça vient de Corse.

Elle bondit en arrière pour le fixer intensément.

— De Corse ! Mais qui, comment toi tu as…

Elle en bafouillait d'excitation, n'arrivant pas à finir ses phrases.

— Ouh là ! Que de questions ! Le tarif va augmenter, plaisanta-t-il.

Bien entendu, s'il la taquinait ainsi, c'était que les nouvelles étaient bonnes. Elle céda par curiosité. Elle revint se blottir dans ses bras, son corps mince et souple épousant celui fin et musclé de Julien. Leurs cœurs accélérèrent à l'unisson. Nouant ses bras autour de son cou, elle déposa un petit baiser sur son nez.

— Est-ce assez ?

Ses yeux brûlants la fixaient. Il secoua la tête de droite à gauche en signe de dénégation. Elle effleura ses lèvres.

— Et ainsi ?

Il déglutit avec peine et refusa à nouveau le paiement. Elle passa le bout de sa langue sur ses lèvres charnues entrouvertes. Un frisson les parcourut simultanément.

— Tu y es presque, murmura-t-il contre sa bouche.

Elle l'attira vers elle de sa main posée sur sa nuque. Ils échangèrent un baiser brûlant… Que la clochette de la boutique interrompit aussitôt. Ils se séparèrent vivement, le rouge aux joues. C'était Armand qui revenait de son dépannage.

— Bon, alors ces nouvelles ? réussit-elle à articuler enfin.

Julien expliqua alors qu'un nouveau venait d'intégrer le réseau. Il s'appelait René Paoletti et était originaire de Pertusato. À cette annonce, Julien, histoire d'être convivial, signala qu'il connaissait une famille de Corte. Évidemment, René avait voulu savoir qui. Lorsqu'il avait mentionné les Leccia et notamment Luca, le père d'Eugénie, le jeune homme avait eu un grand sourire. En fait, il venait de traverser clandestinement depuis Ajaccio sous la houlette de Nicola Leccia, l'adjoint du chef de réseau de la zone montagne autour du col de Vizzavona.

— Nicola, adjoint au chef ? Mais c'est mon petit frère, il a à peine vingt-et-un ans. Ça doit être un autre, un Leccia de Conca.

— Pas du tout, j'ai demandé des détails et ses parents sont de Corte et il a une grande sœur à Toulon.

— Mon Dieu, Nicola, je suis fière de lui ! J'espère qu'il est prudent.

Julien devait repartir, on l'attendait rue des Riaux. Eugénie le raccompagna à la porte.

— Tu vois que ça méritait un bon paiement...

— En effet et je crois que tu as eu un pourboire.

Ils se sourirent et Julien sortit dans la rue. Il s'éloigna en sifflotant. Malgré le secret sur ses activités, Eugénie ne put s'empêcher de rapporter ces nouvelles à Lisandra et Louis en mentionnant qu'elle ne pouvait donner la source de ces informations, mais qu'elles étaient fiables. Lisandra ne fut pas dupe et fut heureuse de savoir son neveu en bonne santé. Malheureusement pour ses parents, elle ne pouvait pas se permettre d'écrire ces informations dans un courrier et il était plus que difficile de téléphoner en Corse. Pourvu qu'Ange soit avec lui et aille bien aussi, se dit-elle.

10

Le réseau Drake

« J'ai appris que le courage n'est pas l'absence de peur,
mais la capacité de la vaincre. »
Nelson Mandela

À partir de l'automne 43, les réquisitions pour le STO se multiplièrent. Les forêts et massifs de l'arrière-pays devinrent des refuges pour tous les jeunes réfractaires. Les camps se constituaient, s'organisaient. Parmi eux, celui dirigé par le capitaine Drake, nom de guerre du lieutenant de vaisseau Auguste Leduc. Cet officier de marine relâché après le sabordage avait pris le maquis pour sauver l'honneur de la France, bafoué lors du drame de l'année précédente. Le maquis Drake chapeautait l'ensemble des organismes de résistance du Var. Il prenait ses ordres directement du gouvernement de la France Libre, mené par le général Charles de Gaulle depuis Londres.

Mais il fallait compter avec la surveillance des Allemands. Les nazis, mécontents des forces de Vichy, se chargeaient eux-mêmes des réfractaires et des maquisards. Ces derniers devaient reculer dans l'arrière-pays et s'installer dans des endroits plus difficiles d'accès que le massif des Maures.

Pour survivre dans ces endroits reculés, il leur fallait des complicités dans les fermes et les villages, qui les ravitaillaient en nourriture. Le patron d'une société de transport, résistant lui-même, fournissait l'aide de ses camions pour ravitailler, faire parvenir des armes, des équipements, pour faire transiter des hommes.

Julien et Armand faisaient partie du réseau Drake, d'où leurs pseudonymes de Captain Morgan pour Julien et celui d'Armand Sabatoun, Barbe noire.

On ne faisait pas partie d'un réseau comme on intègrerait une partie de pétanque. Le volontaire était filtré par un point d'entrée. Pour Drake, il s'agissait du café du Siou-Blanc à Signes. Une fois les tests d'admission passés, le volontaire était conduit dans une vieille bergerie sur le plateau, surplombant Signes du côté nord et la rade de Toulon du côté sud, le plateau de Siou-Blanc, brûlant de chaleur l'été, glacé par le mistral et recouvert de neige l'hiver. Dans la bergerie, le volontaire était soumis à quelques rituels, similaires à ceux du compagnonnage ou des sociétés secrètes. La première épreuve était celle du mot de passe, bien entendu. Pour Drake, le thème des pirates était respecté, la question était : « où est le galion ? ». À laquelle il fallait répondre : « il a coulé aux Vignettes ». Si l'interlocuteur ne citait pas le lieu du naufrage ou se trompait d'endroit, malheur à lui, car cela signifiait qu'il l'avait soutiré ou espionné.

À l'automne 43, le réseau se mettait encore en place et ne comptait alors qu'une trentaine d'hommes. Julien était affilié au réseau Drake depuis le début, en 42. Il connaissait Drake lui-même. En fait, ils avaient le même âge, vingt-six ans, et avaient fait l'école des officiers de marine ensemble. À l'issue de celle-ci, Auguste Leduc avait intégré la Marine et pris son service sur le Strasbourg juste avant la guerre. Julien Mesnard n'avait finalement pas voulu de cette carrière et lors de la déclaration de guerre en 39, il avait fait état d'une légère malformation à la jambe pour être réformé. Malgré cet épisode peu glorieux, il avait un sens du patriotisme exacerbé et lors de la signature de l'armistice, son sang n'avait fait qu'un tour. C'est à ce moment-là qu'il avait commencé à participer à de petites actions de sabotage du travail des miliciens.

Aussi, quand après le sabordage, Leduc-Drake avait commencé à monter son réseau, il avait entendu parler d'un jeune débrouillard plutôt doué. Il se l'était fait amener et s'était retrouvé face à son meilleur ami. Drake dirigeait le réseau depuis le plateau de Signes, tandis que Captain Morgan gérait le ravitaillement et l'acheminement des marchandises et des hommes de Toulon et des environs vers Signes et le café du Siou-Blanc.

Eugénie, en octobre 43, ne savait pas tout ça, elle pensait que Julien était un petit convoyeur local, un jeune homme téméraire, qui donnait un peu de son temps à la France. À ses yeux, cela suffisait à en faire un héros. Toutefois, en cette fin d'automne, la pression allemande poussa Drake à passer à l'action. Attendre et s'entraîner, c'était utile certes, mais commencer à repérer les installations ennemies ne pouvait que l'être encore plus.

Le chef du réseau assigna alors à plusieurs de ses hommes des missions de reconnaissance. Pour certains, c'était de dresser le plan d'une installation de batterie sur un cap ou un promontoire. Pour d'autres il s'agissait de s'infiltrer au sein d'un restaurant ou d'une résidence d'officiers afin d'en connaître le nombre, les habitudes, les fréquentations. Enfin, pour Julien et son groupe du centre-ville, il s'agissait de repérer les lieux de plaisir des officiers, les jours où ils étaient les plus nombreux et tout autre détail utile. Ils s'étaient occupés des maisons closes et autres établissements de plaisir charnel. Il fallait ensuite explorer les restaurants, le théâtre, le cinéma. Julien répartit ses équipes en fonction de leurs capacités d'adaptation. Il se réserva le théâtre.

Après avoir hésité et pesé le pour et le contre, il décida d'impliquer Lisandra. Il ne la connaissait pas, mais Eugénie lui en avait parlé. Compte tenu du caractère trempé de la nièce, il se dit que la tante devait être de la même eau. Il demanda donc à Eugénie d'aller assister à un concert auquel sa tante participait. Ainsi, à l'issue ou à l'entracte, il pourrait aller la saluer et trouverait bien l'occasion de lui glisser un mot.

Eugénie, ne se doutant de rien, fut enchantée de son souhait et leur procura deux places pour le samedi soir. Le spectacle était l'opéra Carmen et bien sûr, Lisandra faisait partie de l'orchestre. Julien passa prendre Eugénie place Puget à vingt heures. Il avait revêtu un costume gris anthracite, dont la coupe impeccable soulignait sa silhouette athlétique. Lorsque la porte s'ouvrit sur Eugénie, il en resta le souffle coupé. La jeune fille portait avec grâce une longue robe fluide d'un bleu indigo profond. Ses boucles brunes ondulaient sur ses épaules et l'échancrure de son manteau laissait apercevoir un décolleté aux courbes affolantes. Julien lui offrit son bras et la conduisit fièrement jusqu'à l'opéra. Ils firent une entrée remarquée au milieu des uniformes allemands et des vieux notables toulonnais. Leur couple resplendissant de jeunesse étincelait de bonheur.

Ils prirent place dans le parterre et se laissèrent emporter par l'histoire de la jeune Espagnole. À l'entracte, Eugénie joua des coudes et de son sourire pour se frayer un chemin jusqu'aux coulisses. Le cerbère qui en protégeait l'entrée la connaissait. Les yeux pleins d'admiration devant la jeune beauté, il les laissa passer en leur indiquant dans quelle loge trouver Lisandra. Arrivés devant le numéro 46 indiqué, Eugénie toqua en s'annonçant.

— Coucou, tatie, je viens te présenter Julien.

Lisandra pivota sur son tabouret et s'immobilisa. Qu'elle était belle ainsi, si femme ! Et lui, un jeune homme magnifique. Et à la façon dont il couvait sa nièce du regard, elle pouvait voir qu'il était vraiment amoureux. C'était vraiment un beau couple.

Eugénie fit les présentations, ils bavardèrent quelques minutes de tout et de rien, puis il fut temps de laisser l'artiste pour regagner les fauteuils. Au moment de passer la porte, Julien profita du moment où deux autres musiciens saluaient Eugénie pour repasser la tête dans la loge et interpeller Lisandra.

— Je voudrais vous rencontrer demain, si possible. Disons que je pourrais vous croiser devant le café « Le France » vers dix heures.

Son ton ne suggérait pas de refus possible. C'était un tout autre homme qu'elle avait face à elle tout à coup. Intriguée, elle acquiesça. Il sourit et disparut dans le sillage d'Eugénie.

Le lendemain matin, Lisandra eut du mal à sortir seule. Les deux jeunes gens s'étaient proposéde l'accompagner. Il fallait dire que le temps s'y prêtait. Un soleil splendide éclairait le port et la mer, obligeant la flûtiste à protéger ses yeux d'une paire de lunettes et son visage d'un chapeau. Si bien que lorsqu'elle croisa Julien à hauteur du France, ce fut elle qui l'interpella. Lui ne l'avait pas identifiée au premier coup d'œil.

— Bonjour, je ne vous avais pas reconnue. Vous avez des airs de starlette ainsi.

Le compliment fit rosir Lisandra. Depuis le départ d'Uguet, elle n'avait pas souvent des remarques sur son physique. Les hommes ne s'y risquaient pas, la sachant mariée et sans nouvelles de son époux. Mais la remarque de Julien était naturelle comme il aurait pu parler du temps et il n'y avait rien d'ambigu ni d'insultant. Elle accepta de boire un café à la terrasse du France. Julien la dirigea vers une table isolée en bordure, loin des oreilles des autres consommateurs dont certains portaient l'uniforme allemand ou le brassard des miliciens.

— J'ai un service à vous demander. Je dois rendre compte des fréquentations de l'opéra par l'occupant. Vous êtes bien mieux placée que moi pour ça. Accepteriez-vous de m'aider ? Si oui, vous rendrez compte à Eugénie chez vous, ce sera plus discret. Elle me transmettra.

Lisandra fut surprise qu'il lui fasse une telle confiance, sa nièce avait dû la dépeindre comme une patriote inconditionnelle.

— Vous me faites confiance sur la seule parole de ma nièce, c'est risqué, non ?

— Votre nièce ne m'a rien affirmé. Je me base sur les anecdotes qu'elle m'a rapportées depuis un an, sur votre réputation à Toulon et sur ce que j'ai ressenti hier à l'opéra. Tout cela concorde suffisamment pour que je vous fasse confiance.

— Entendu, je vous aiderai. Dites-moi quels sont les éléments dont vous avez besoin.

— Je dois connaître les noms de ceux qui fréquentent le plus assidûment l'opéra, leur séance habituelle, leur place habituelle. S'ils doivent devenir une cible, il faut qu'ils soient identifiés sans équivoque pour qu'il n'y ait pas de bavure. D'autant plus que l'on ne peut pas simplement faire sauter l'opéra, ajouta Julien, sachant qu'il allait faire bondir la musicienne.

— Ah ça, jamais ! lança-t-elle en se redressant d'un coup.

Julien éclata de rire. Lisandra comprit le piège et se joignit à son rire. Le jeune homme se dit que lorsqu'elle était heureuse, Lisandra était encore une très belle femme… mais pas autant qu'Eugénie.

À compter de ce jour, Lisandra scruta la salle à chaque représentation. Elle notait mentalement tous les détails qu'elle pouvait retenir. Petit à petit sa mémoire s'exerça et elle ramena une grande quantité de détails à Eugénie.

Celle-ci mise au courant par Julien, s'offusqua dans un premier temps qu'il implique sa tante. Puis elle se prit au jeu et retransmit fidèlement tous les éléments fournis par Lisandra. Au bout d'une dizaine de jours, il était en possession d'une cartographie de la salle de l'opéra, repérant pour chaque fauteuil la personne qui l'occupait le plus souvent. Ainsi dans le parterre on retrouvait les officiers, les dirigeants de la Gestapo, de la milice et de la ville. Au balcon, se tenaient les notables des environs, qui voulaient être vus mais sans se mélanger vraiment. Au-dessus, sur les rangées de bancs, se massaient les Varois encore attirés par les spectacles. Dans cette foule hétéroclite, Lisandra finit par remarquer quelques individus toujours présents, toujours à la même place, pas forcément attentifs au spectacle se déroulant sur la scène. Elle en fit part à Julien, via Eugénie, en y ajoutant une description la plus fidèle possible de leur physique.

Julien les fit suivre un soir, à la sortie de la représentation. Certains rentrèrent chez eux, sans fournir d'indications sur leurs activités. Deux se dirigèrent vers la planque d'un réseau différent du réseau Drake. Enfin, le dernier se faufila dans les rues pendant un bon moment. Son suiveur faillit le perdre plusieurs fois, car il était aguerri à ce type de parcours, apparemment. Finalement, la poursuite se finit dans le quartier de l'Evescat, où le bonhomme s'introduisit dans une maison portant le nom d'Émile Trapani. Julien se renseigna sur cet homme et apprit que son beau-frère était un ponte de la Gestapo Marseillaise.

Il en rendit aussitôt compte à son réseau en employant le code réservé aux urgences d'infiltration. Drake contacta le réseau ami qui était concerné et l'informa de la découverte. Quelques jours plus tard, à la mi-octobre, Émile Trapani fut arrêté et emmené à Signes. Il ne revint pas chez lui et les autres membres du groupe ne fréquentèrent plus l'opéra. Julien affirma ne pas savoir ce qu'il en était advenu et les deux femmes le crurent volontiers, car les informations étaient cloisonnées au maximum pour éviter les fuites.

11
Dans l'ombre

« Agissez comme s'il était impossible d'échouer. »
Winston Churchill

Le réseau Drake travaillait dans l'ombre pour préparer ce que Londres leur promettait sans annoncer de délai. Les actions étaient, outre la reconnaissance de l'ennemi, des actes de guérilla, souvent nocturnes.

Et puis, il y avait eu dès le début un élément important dans toute l'action de reconquête : la propagande. Le but était double, d'une part il fallait saper le moral de l'occupant allemand et d'autre part il importait de motiver, réveiller le patriotisme des Français découragés par l'immobilisme de Vichy.

Drake et ses hommes passaient donc beaucoup de temps à coller des affiches dès la nuit tombée. Ce n'était pas sans risque, car les Allemands patrouillaient sans cesse dans les rues après le couvre-feu. Se faire contrôler au-delà de l'heure limite était déjà risqué, être surpris avec des affiches dans la sacoche menait directement au bureau de la Gestapo, dont on ne ressortait que rarement et dans un état peu enviable.

Il se faisait aussi de la distribution de tracts. Là, au moins, les gars agissaient de jour. Par contre, c'était beaucoup moins discret, car tout le monde pouvait identifier le distributeur. Un matin de décembre, Eugénie était sur le marché du cours Lafayette. Il était dix heures, l'heure la plus chargée en fréquentation. C'était un vendredi, jour du poisson, la partie basse du cours, où siégeaient tous les pêcheurs et les revendeurs de produits de la mer, était bondée. La population toulonnaise faisait le plein de poissons et autres victuailles pour le weekend. Ce dimanche serait le troisième de l'avent, aussi les repas de famille de la période de Noël allaient commencer.

Mais il n'y avait pas que des Toulonnais. Parmi les badauds se trouvaient des soldats allemands inoccupés, curieux des coutumes françaises. Ceux-là n'étaient pas très dangereux, car ils étaient en uniforme, donc aisément repérables. De plus, ils n'étaient pas en service et se comportaient majoritairement en vrais touristes. Par contre, dans la foule se disséminaient des miliciens. Ceux-ci étaient de réels dangers pour le distributeur de tracts. Ils s'agissaient de Français, habillés en civil comme tout le monde. Ils savaient se fondre dans la population. Le seul détail qui les désignait était que les acheteurs étaient majoritairement des ménagères de tous âges, alors que les miliciens étaient des hommes souvent jeunes.

Leur autre point faible était qu'ils étaient persuadés que seuls les hommes faisaient partie des résistants. Leur regard fureteur cherchait avant tous les hommes qui n'auraient pas eu l'air d'acheteurs. Or les résistants le savaient et la plupart des tracts distribués sur le marché du cours Lafayette, celui de Bon Rencontre ou celui du Mourillon, l'étaient par des femmes.

Ce vendredi précédant le troisième dimanche de l'Avent, c'était Eugénie qui circulait sur le cours Lafayette, son manteau bien serré sur sa poitrine, les poches pleines de tracts. Son but, ce matin-là : vider ses poches au profit des mains des ménagères et des commerçants présents. Le challenge : arriver à le faire au nez et à la barbe des miliciens et des soldats allemands.

Elle avait choisi la placette entre la « maison des têtes » et l'église Sainte Roseline, car la présence des pêcheurs attirait la foule. Elle se faufilait parmi les files d'attente et déposait une feuille au creux des mains furtivement. De temps à autre, elle s'intéressait à un poisson, évaluait le poids d'un poulpe, demandait le prix du kilo de moules pour donner le change. À un moment, suspectant un homme dans la quarantaine qui, lui semblait-il, la regardait un peu trop, elle acheta une daurade qui trouverait toujours sa place dans les menus de la place Puget.

Une heure plus tard, les poches presque vides, elle remontait le cours en zigzaguant entre les badauds. Elle pensait traverser les halles, lieu également très fréquenté, pour finir son stock. À l'intersection avec le petit cours, elle fut abordée par un officier allemand. Elle eut du mal à sourire naturellement lorsqu'il la salua courtoisement.

— Mademoiselle, pardonnez mon audace, mais il me semble vous connaître.

— Je ne vois pas où nous aurions pu nous croiser, monsieur, répondit-elle en espérant ne pas être trop glaciale.

— Et pourtant, je jurerais que c'était vous. Au début octobre, n'étiez-vous pas allée voir Carmen à l'opéra ?

— Oui, en effet, mais j'étais en compagnie de mon fiancé et je ne me souviens pas vous avoir été présentée.

— Présentée ? Non ! rétorqua-t-il en riant. Mais vous étiez si resplendissante dans votre robe bleue que je n'ai pu qu'envier votre compagnon.

— Monsieur, vous dépassez les limites de la correction. On ne s'adresse pas ainsi à une jeune fille, riposta-t-elle, offusquée par son impudence. Je me vois dans l'obligation de cesser cette discussion. Au plaisir de ne pas vous revoir.

Le laissant stupéfait d'être remis à sa place aussi vertement, elle tourna les talons et s'engagea dans la rue de la cathédrale. Son sang bouillait dans ses veines. La colère de n'avoir été appréciée par cet officier que comme un morceau de viande appétissant ne la quittait pas. Se sentant incapable de finir sa mission avec le sang-froid nécessaire, elle pénétra dans la cathédrale pour calmer son émoi.

Bien lui en prit, car dans le mouvement brusque exécuté pour se défaire de l'officier, elle avait attiré l'attention d'un homme qui l'avait suivie. Quand elle bifurqua vers la cathédrale, il rebroussa chemin d'un air déçu. Un agent de la Résistance ne serait pas entré dans un lieu de culte si le suiveur n'avait pas été repéré. Ainsi, se croyant démasqué, il rompit là pour la sauvegarde d'Eugénie, qui ne se doutait de rien. Quelques minutes plus tard, apaisée par l'atmosphère de la cathédrale, Eugénie ressortit, reprit le chemin des Halles.

Elle observa la foule autour d'elle. Pas d'allemand, pas de français suspect. Elle s'approcha de l'étalage du fleuriste et lui passa un tract en se penchant pour humer une rose. Tout allait à nouveau bien. Elle passa la fin de la matinée dans les halles, vidant ses poches.

Elle ramena la daurade à l'appartement. Lisandra s'étonna de voir sa nièce ramener un seul poisson. Eugénie, confuse, rougit, bafouilla une excuse.

— Oui, c'est vrai, pourquoi, je ne sais pas. Une étourderie…

— Ce n'est pas grave, tu as dû être distraite par quelque chose.

— Oui, c'est sûrement ça, conclut-elle en filant dans sa chambre se remettre de ses émotions.

L'après-midi, elle raconta à Armand sa mésaventure. Il fut de bon conseil, car il subodora instinctivement la mise à profit de sa confusion par un éventuel milicien présent dans les parages pour la repérer et la démasquer. Elle avait bien fait de faire une pause dans la cathédrale. Armand lui confirma que les lieux de culte, quels qu'ils soient, devaient être utilisés comme refuge sans hésitation. Les Allemands, en majorité, les respectaient. Les miliciens osaient beaucoup moins intervenir, craignant d'être connus de l'officiant. Eugénie réalisa a posteriori le risque que lui avait fait prendre l'incident. Il fallait qu'elle travaille son sang-froid et ne se laisse plus déstabiliser aussi facilement. Elle en frissonna rétrospectivement.

Le soir, lorsqu'elle rentra à l'appartement, elle entendit Louis raconter d'une voix excitée une chose qui lui était arrivée l'après-midi. Elle s'approcha pour écouter. Elle comprit vite que, à l'école qu'il fréquentait, on lui avait remis des tracts antiallemands. En ayant récupéré une poignée, il les avait distribués à la sortie du lycée aux parents de ses camarades. Il en était tout fier. Lisandra commençait à lui expliquer calmement le risque qu'il avait pris à faire ça au grand jour. Mais Eugénie, encore chamboulée par sa matinée, réagit vivement et réprimanda son cousin sur son imprudence, son inconscience, son irresponsabilité, son manque de maturité… Lisandra l'arrêta d'un « stop » retentissant. Louis, dépité, réalisa la vérité des paroles de sa cousine et sa mâchoire en trembla. Eugénie se jeta dans les bras de Louis en s'excusant. Une fois les émotions de la famille calmées par la voix apaisante de Lisandra, ils s'assirent au salon autour d'une infusion. Alors Eugénie raconta sa matinée et la mère et le fils comprirent la réaction excessive qu'elle avait eue. Néanmoins, cela servit de leçon à Louis, qui laissa la propagande à plus aguerri que lui.

Le soir même était prévue une sortie avec Julien pour coller des affiches. Eugénie en profita pour tester son sang-froid en ne se défilant pas malgré l'insistance de Lisandra.

Elle n'en souffla mot à Julien, venu la chercher avant de rejoindre la rue des Riaux. Ils récupérèrent les affiches et le pot de colle. Antoine Gautier, dit le manchot car il était gaucher, les déposa près de la gare. C'est dans le quartier résidentiel de la gare et de l'hôpital militaire Sainte-Anne qu'ils devaient coller leur provision d'affiches. Ce n'était qu'une dizaine de feuilles, mais il fallait les déplier, les encoller, les disposer sur un panneau, un mur, une porte dans le moins de temps possible. Tout ça en espérant que personne ne passerait par là, que les chiens n'aboieraient pas, qu'aucune voiture pressée de rentrer avant le couvre-feu ne les éclairerait de ses phares.

L'avantage de ce quartier était que la probabilité d'y rencontrer une patrouille allemande était quasi nulle. Par contre, impossible de savoir les opinions des habitants. Patriotes ou collabos ? La fin de la soirée le leur dirait.

Ils déplièrent, badigeonnèrent chacun à leur tour. Ils disposaient environ deux affiches par rue en moyenne. Trois si la rue était plus longue. Il leur fallut deux bonnes heures pour tout poser. La dernière finit sur le portail arrière de l'hôpital. Julien riait sous cape de sa facétie, tandis qu'ils redescendaient vers le centre-ville en se faufilant dans les coins sombres. Le couvre-feu avait sonné depuis longtemps lorsque la porte de l'immeuble place Puget se referma sur le couple essoufflé.

Ils s'appuyèrent au mur, reprenant leur souffle et leur calme. Ils tournèrent la tête l'un vers l'autre en même temps. La lumière du réverbère de la rue qui entrait par le vasistas au-dessus de la porte éclairait à peine leurs visages. Il souriait, elle lui sourit à son tour. Il saisit sa main et pivota pour se trouver face à elle.

Ses bras se nouèrent autour de la taille de la jeune fille, tandis qu'elle entourait sa nuque de ses mains, emmêlant ses doigts dans les cheveux du jeune homme. Il déposa de petits baisers sur son front, ses tempes, son nez, ses joues, son menton. Ses mains caressaient son dos entre le manteau et le chandail. Tremblante de plaisir, elle cambrait ses hanches, épousant son corps au plus près. Leurs respirations s'accélérèrent, il prit ses lèvres et ils se perdirent dans un baiser torride. Un bruit à l'étage les ramena sur terre. Ils se séparèrent hagards. Ils restèrent immobiles, les yeux dans les yeux, jusqu'à ce qu'un nouveau bruit les fasse reprendre pied dans la réalité.

— Je dois y aller, il est tard, articula Julien.

— Sois prudent, souffla Eugénie.

— À demain.

— À demain.

La porte s'ouvrit, il se glissa dans la rue côté ombre et disparut. Eugénie monta les escaliers en se disant que c'était la journée la plus effrayante et la plus belle qu'elle ait vécu jusqu'à présent.

12
Confidences

« Le premier symptôme de l'amour vrai chez un jeune homme, c'est la timidité, chez une jeune fille, c'est la hardiesse. »
Victor Hugo

L'année 1944 commença dans l'attente. Les membres des réseaux s'entraînaient depuis des mois et étaient de plus en plus impatients. Mais Londres restait muet sur les dates et l'avancée des préparatifs. Les consignes restaient identiques à celles de l'année passée : stockez du matériel, entraînez-vous, renseignez-vous.

L'hiver et ses inconvénients entamèrent un peu le moral des combattants de l'ombre. Surtout ceux qui étaient dans les camps perdus dans les massifs forestiers varois. Ainsi, sur le plateau de Signes, l'ambiance était maussade. On était le douze janvier et pas un arrivage n'était parvenu au camp depuis le vingt décembre. Les fêtes de Noël avaient accaparé les membres qui avaient la chance d'être en ville.

Drake avait fait parvenir un message à Julien. Il fallait absolument monter, et pas les mains vides, sinon il ne pourrait plus tenir les hommes. Le jeune homme activa ses contacts mis en sommeil en fin d'année. En quelques jours, plusieurs caisses de ravitaillement vinrent encombrer la planque rue des Riaux. Un convoi fut organisé pour en emmener le maximum sur le plateau.

Ils seraient une huitaine, chargés de sacs à dos bien pleins. Le départ se ferait de plusieurs endroits de Toulon à des heures différentes. Ils se rejoindraient au pied du mont Caume et poursuivraient en convoi jusqu'à la bergerie du plateau de Siou-Blanc.

Julien décida de partir le matin avec Eugénie, comme si les amoureux partaient en randonnée pour la journée. Il passa donc chercher sa belle chez elle vers neuf heures et demie. Ils avaient chacun un sac à dos, peut-être un peu gros pour un pique-nique, mais au moins, ils avaient l'air de prendre du bon temps, pas de faire du marché noir pour la résistance. Ils prirent le bus jusqu'au Quatre Chemins, et de là ils partirent à pied vers les Pomets.

Puis après avoir traversé le minuscule hameau des Pomets, ils se dirigèrent vers le pont des Marlets pour suivre le chemin qui monte jusqu'au col du Corps de Garde, à plus de six cents mètres. Ils marchaient d'un bon pas, mais arrivés à la montée du col, le rythme ralentit un peu. Le sentier était bien tracé, mais la pente assez prononcée et les cailloux qui roulaient sous les chaussures nécessitaient une concentration et un effort physique qui prohibaient la conversation. Ils se contentaient d'un coup d'œil, d'une onomatopée, pour signifier que tout allait bien. Enfin, ils arrivèrent en vue du col.

En choisissant de faire le trajet de jour, ils n'auraient pas à attendre les autres au mont Caume. Ils iraient directement jusqu'au village du Broussan. Là, ils attendraient Albert, qui arrivait par les gorges du Destel. À la tombée de la nuit, ils partiraient tous les trois pour la bergerie.

Avant de gagner le Broussan, ils firent une pause et grignotèrent un morceau de pain mouillé d'huile d'olive, accompagné d'une tranche de jambon sec. Il fallait repartir, car le chemin jusqu'au village du Broussan prendrait bien encore une heure. Or ils avaient mis un peu plus de temps que prévu à s'arrêter pour admirer la vue sur la ville et la rade.

Les jours étaient encore courts mi-janvier. Dès six heures, ils repartirent du bar du Broussan avec Albert et se dirigèrent vers le plateau de Signes. Il fallait compter trois bonnes heures. Ils y seraient donc vers neuf ou dix heures. Ils suivirent la route jusqu'au Trou du Cerisier, puis ce fut le sentier qui suivait le Destel jusqu'à l'intersection avec la route qui traversait le plateau de Siou-Blanc. Mais ils bifurquèrent un peu avant pour se diriger vers la bergerie située dans un bosquet au pied du rocher de l'Aigle.

Le groupe partant de Toulon ne serait pas là avant minuit. Julien avait le choix entre rester la nuit à la bergerie et redescendre au matin, ou repartir dès la livraison effectuée pour rentrer chez eux et donner l'impression d'être juste rentrés tard. Ils pourraient toujours raconter qu'ils s'étaient égarés dans le massif. Mais ils seraient chacun à leur poste habituel le lendemain. Après en avoir discuté avec Eugénie, ils choisirent la deuxième option, qui avait l'avantage d'être cohérente avec leur couverture.

Le chemin du retour le plus direct faisait environ seize kilomètres, ce qui leur prendrait au moins quatre heures et demie, vu que, dans l'obscurité, ils iraient moins vite que le jour, même si, dans ce sens, ce n'était que de la descente.

Vers onze heures, ils quittèrent la bergerie, allégés du contenu de leurs sacs. Ils ne tardèrent pas à croiser le reste du groupe qui arrivait. Ils se saluèrent rapidement et chacun poursuivit son chemin. Malgré la fatigue qui commençait à se faire sentir et la faim qui faisait gronder leur ventre – ils avaient refusé le repas offert à la bergerie pour ne pas entamer leurs victuailles – ils marchaient à une bonne allure, la lune dans son deuxième quart les aidant à trouver où poser les pieds.

Il était presque trois heures, ils dévalaient la portion de sentier aboutissant au pont des Marlets en riant aux éclats, car Eugénie venait de raconter à Julien la fois où elle était allée dans la colline avec les garçons.

Elle avait onze ans. Catarina et Isabelle étaient trop jeunes, alors elle suivait les garçons dans leurs quatre cents coups. Piero, Ange et Nicola ne considéraient pas leur sœur et cousine comme une fille au sens machiste du terme. Pour eux, c'était « Génie », celle qui les suivait depuis toute petite. Cette fois-là, ils étaient partis tous les quatre, comme d'habitude le jeudi. Les garçons projetaient de poser des pièges, car c'était la saison des passereaux et la tradition voulait que l'on en attrape un maximum pour les manger en brochettes. Sauf qu'Eugénie, à qui les trois garnements venaient d'expliquer le but de la sortie, adorait les petits oiseaux, leurs couleurs, leur chant. Pour elle, il n'était pas question de toucher une seule plume de l'un d'entre eux. Lorsqu'ils s'éparpillèrent pour aller poser leurs pièges, elle resta dans la clairière avec son lot de pièges à la main, désemparée à l'idée de tous ces meurtres. Puis l'idée lui vint qu'elle n'avait qu'à les suivre et défaire ce qu'ils venaient de faire. Sauf qu'ils étaient trois, qu'elle était seule et qu'ils avaient dix minutes d'avance. Elle fonça en direction du chemin pris par Piero. Le plus âgé était forcément le plus nocif. Elle suivit ses traces dans le maquis et arracha consciencieusement tous les pièges. À un moment, elle croisa la piste d'Ange et s'aperçut qu'il en posait plus que son frère. Elle changea de trace et détruisit les pièges de son autre cousin. Nicola n'eut droit qu'à quelques sabotages, il était encore jeune pour poser des pièges vraiment efficaces de toute façon. Le lendemain soir dès la sortie de l'école, Piero fonça dans la colline relever ses pièges. Il revint une heure plus tard, décomposé. Il surgit sur la terrasse où toute la famille prenait l'apéro du vendredi soir, ses pièges détruits à la main. Il avait l'air d'un petit garçon à qui on vient de casser son jouet préféré. Et c'était le cas. Battistu, Luca et Petru s'insurgèrent aussitôt contre ce vandalisme. Chjara, Fiora et Marina, intriguées, ne tardèrent pas à tourner la tête vers Eugénie, qui pouffait de rire dans le coin de la terrasse.

— Ah ! Tu aurais vu la tête de Piero ! C'était à mourir de rire, conclut Eugénie.

Tout à coup, Julien lui posa la main sur le bras et s'arrêta net. Le silence retomba dans le vallon. Ils tendirent l'oreille et entendirent le bruit typique des bottes allemandes sur le goudron de la route. Ils s'accroupirent dans la bruyère et attendirent. Le bruit se rapprochait, ils s'arrêtèrent à hauteur du sentier. La voix gutturale du soldat allemand retentit haut et fort dans la nuit.

— *Hier drüben ! Siesindzwei. Bringsiezurück*

(Par ici ! Ils sont deux. Ramenez-les !)

Julien, qui s'était familiarisé avec la langue allemande, reçut les exclamations comme une douche froide. Ils étaient recherchés !

Il fit signe à Eugénie qu'ils étaient en danger et qu'il fallait déguerpir en silence. Ils remontèrent le plus silencieusement et le plus rapidement possible. Heureusement, la patrouille était plutôt bruyante. Julien bifurqua vers la gauche. Il semblait savoir où aller et il avançait sans hésiter, tirant Eugénie, paniquée, par la main.

Ils arrivaient en vue des dernières maisons du hameau des Pomets. Julien prit un petit chemin de terre entre deux maisons. Derrière s'étendaient les potagers soigneusement plantés des légumes de saison. Au fond, une cabane de pierre à demi effondrée servait d'abri pour les outils. Julien se faufila à l'intérieur et se dirigea vers le fond. Le mur présentait une brèche, qui laissait la place de se glisser contre la restanque. Il fit passer Eugénie, qui s'y cala contre le muret. Puis il y entra à son tour. L'exiguïté de leur abri les obligeait à rester debout l'un contre l'autre, ce qui ne leur déplaisait pas du tout.

Au loin, résonnaient les exclamations de la patrouille. Une demi-heure plus tard, ils entendaient toujours les Allemands.

— Ils vont ratisser la colline jusqu'à l'aube, ces sales boches, chuchota Julien.

— Raconte-moi quelque chose de ton enfance, suggéra Eugénie.

Julien réfléchit, hocha la tête et parut se résoudre à choisir une anecdote.

— J'ai deux petites sœurs qui sont jumelles et ont quatre ans de moins que moi. Tiens, elles ont vingt-deux ans, comme toi. Mais là, j'avais quatorze ans et elles dix. C'était l'été, j'avais repéré une fille à la plage et j'avais décidé de l'emmener au bal du Quatorze Juillet. L'après-midi du quatorze, je la retrouve au Mourillon. On se baigne, je fais le beau en plongeant. Je lui ramène une étoile de mer. Elle adore. C'est dans la poche. Je sacrifie mon argent de poche pour lui payer un Esquimau, parce que le marchand ambulant passe. Elle était ébahie de mon émancipation. Je décide de passer à l'action. Je l'invite pour le bal. Elle est d'accord. Je suis aux anges. Lorsque je rentre à la maison, j'ai la tête dans les nuages. Je réfléchis à ce que je vais porter, ce que je vais dire… J'extrapole ma soirée comme un fou. L'heure du repas arrive enfin. Je suis sur des charbons ardents, impossible d'avaler quoi que ce soit. Enfin, le dessert. Protestant ne plus avoir faim, je demande à sortir de table quand mes sœurs, en cœur comme à l'accoutumée, déclarent : « Julien, il a une amoureuse ». Je pique un fard et tente de m'échapper. C'est compter sans mes parents qui ont une idée de la bienséance proche du puritanisme. Je suis sommé de préciser qui, comment, où, bref tout raconter sur cette fille. Lorsque j'ai fini, je commence à me lever, me pensant sauvé. Les friponnes complètent leur délation par un « et il doit la voir ce soir au bal » qui jette un vent de scandale sur la table familiale. Je suis obligé de confirmer, je me retrouve confiné dans ma chambre avec un exercice de maths et une version de latin à faire.

— Voilà de quoi te passer l'envie de flirter pendant quelques années, s'amusa Eugénie. Elles sont terribles, tes sœurs. Tu as dû avoir envie de les noyer dans le port.

— Ah ça, oui ! Bon, le jour va bientôt se lever. Je n'entends plus rien. On va y aller.

Ils se faufilèrent à l'extérieur de la cabane, s'immobilisèrent sur le chemin et tendirent l'oreille tous azimuts pour s'assurer d'être seuls. Ils reprirent le chemin descendant vers Toulon. Les bus ne circulaient pas encore. Ils rentrèrent donc à pied jusqu'au centre-ville. Lorsqu'Eugénie ouvrit la porte de l'appartement, elle réveilla Lisandra, pelotonnée dans la bergère près de la fenêtre.

— Enfin, tu es là. Que s'est-il passé ?

Eugénie lui résuma le chemin du retour et la pause obligatoire dans l'abri à outils. Lisandra avait attendu jusqu'à quatre heures en lisant, brodant, tournant en rond jusqu'à ce qu'elle s'écroule, vaincue par le sommeil. Il leur restait à peine deux heures avant l'heure du petit-déjeuner. Eugénie alla se coucher, histoire de récupérer un peu. Lisandra la réveillerait pour qu'elle soit à l'heure à la boutique. Julien se rendit dans la matinée rue des Riaux. Il voulait vérifier que les Allemands n'avaient pas fait le lien entre les deux personnes cherchées la nuit dernière et les gars du réseau Drake. La planque était calme. Les gars s'occupaient chacun de leur tâche prévue ce jour-là. Personne n'avait vu ni entendu quoi que ce soit en rapport avec la livraison de la veille.

Par acquit de conscience, il envoya un des gars se renseigner, l'air de rien, du côté des Pomets. En fin d'après-midi, Julien, Eugénie et Jacques, celui qui avait été aux Pomets, se retrouvèrent rue des Riaux. Jacques leur apprit que dans le hameau habitait un collabo. Ce dernier les avait vus passer le matin avec leurs gros sacs à dos. Il avait flairé la contrebande et averti les Allemands. Mais ceux-ci n'avaient envoyé une patrouille que dans l'après-midi. Le collabo, furieux, les avait traités de tous les noms d'oiseaux de son répertoire. Il avait failli finir en prison à leur place. Les Allemands avaient décidé de revenir au milieu de la nuit pour les cueillir au retour. Ce qu'ils avaient failli faire.

13
Le choix des armes

« Faire mouche : placer la balle dans le cercle noir semblable aux mouches galantes que les dames se collaient sur le visage »

Suite à cette alerte, les deux maquisards toulonnais redoublèrent de prudence. Un soir où Julien avait été invité par Lisandra à partager un thé en attendant le retour d'Eugénie de chez Armand, il aborda un sujet délicat.

— Je pense qu'Eugénie doit apprendre à se défendre. Il faut qu'elle sache se servir d'une arme si nécessaire.

L'idée que sa nièce puisse en arriver au point de devoir défendre sa vie en portant atteinte à celle d'un autre, fût-il allemand, glaça Lisandra et l'inquiéta sévèrement. Néanmoins, Julien n'était pas un jeune écervelé. Il avait maintes fois donné la preuve de sa prudence dans la conduite de ses missions. Et puis, l'année 44 avançant, les rumeurs de débarquement s'amplifiaient, les Allemands devenaient nerveux. Il fallait s'attendre à des contrôles accrus, des risques plus nombreux et de fait, des accrochages possibles.

Si Eugénie le voulait bien, elle irait suivre une formation au maniement des armes dont disposait le réseau Drake.

La jeune fille mise au courant convint qu'elle se sentirait plus en sécurité avec une arme quand elle n'était pas en groupe. En bonne Corse, elle n'avait pas peur de tenir un fusil. D'ailleurs, elle savait déjà manier le fusil de chasse. Elle apprendrait donc sans problème l'utilisation d'un pistolet.

Fin février, M. Sabatoun lui accorda une semaine de congé. Elle en profita pour aller passer du temps à la campagne chez les Anselme. Lisabeu et Yvoun la reçurent à bras ouverts. Les trois L restants l'appréciaient aussi beaucoup et lui firent une place dans la chambre des filles. Elle passa trois jours de vraie détente à La Crau. Ici, on sentait moins la présence de l'occupant. L'exploitation de canne était un petit monde à part. D'autant que la production d'anches n'intéressait pas du tout les Allemands. Ce n'était en rien un produit utile à la guerre. En trois jours, elle ne vit pas l'ombre d'un soldat et eut du mal à réaliser le lundi soir que le lendemain matin, elle partait pour Signes et la bergerie de Siou-Blanc.

Car le séjour à La Crau n'était qu'une couverture destinée à lui faire quitter Toulon plusieurs jours sans éveiller l'attention. Yvoun emmena Eugénie jusqu'à Solliès-Toucas sous prétexte d'échanger quelques conserves avec son cousin. De là, elle prit un bus de la compagnie, qui appartenait aux membres du réseau. Ainsi le chauffeur, au lieu de la laisser à Belgentier, arrêt normal de la ligne, ou à Méounes-les-Montrieux, l'arrêt suivant, la déposa en pleine campagne, à l'intersection de la route qui monte sur le plateau de Signes.

Elle rejoignit la Chartreuse de Montrieux à pied, à trois gros kilomètres de là. Les moines de l'abbaye étaient acquis à la cause des maquisards de Siou-Blanc. Elle fit tinter la grosse cloche du portail. Peu après, un guichet s'ouvrit dans la grande porte en bois. Le visage jovial d'un moine dans la soixantaine s'encadra dans l'ouverture. Avisant la jeune fille, il lui demanda :

— Et le Galion ?

— Il a coulé aux Vignettes, répondit Eugénie.

Un grand sourire illumina un peu plus la face du moine. Un instant plus tard, la porte s'ouvrit sans le moindre bruit, malgré son imposante masse et ses énormes gonds rouillés, démontrant s'il le fallait que les entrées-sorties de l'abbaye devaient être parfois discrètes. Eugénie fut priée d'attendre dans la pièce du rez-de-chaussée de la tour où elle venait d'entrer. Le moine disparut quelques minutes et revint avec un plateau chargé d'une alléchante collation. Eugénie s'aperçut alors qu'il était midi passé et qu'elle avait une faim de loup. Elle accueillit le plateau avec gratitude.

— Je vous laisse ici, les dames ne peuvent pas entrer. Je reviens dans un moment, dit le moine avant de sortir et de traverser la cour.

Eugénie attaqua sa collation avec l'appétit de ses vingt-deux ans. Lorsque le moine refit son apparition, elle était plongée dans la lecture d'un document relatant l'histoire de l'abbaye.

— Vous lisez le latin ? s'étonna le moine.

— Oui, c'est une matière obligatoire du baccalauréat littéraire, répondit naturellement la jeune fille.

Le moine fut impressionné. Drake l'avait averti qu'elle était brillante, mais il pensait qu'il entendait par là qu'elle était rusée, débrouillarde. En plus, elle était diablement cultivée. Il ouvrit la lourde porte menant à l'extérieur.

— Vous allez attendre sur le bord du chemin. Votre véhicule sera prêt dans une minute. Votre chauffeur est un chartreux donc… Il mit le doigt en travers de ses lèvres pour signifier le silence.

Il referma derrière elle, elle avança au bord du chemin et attendit. Peu après, le grand portail s'ouvrit, laissant sortir une camionnette dont le plateau était chargé de cagettes de légumes. Le religieux lui fit signe de monter à ses côtés et démarra. La camionnette grimpa la côte jusqu'au plateau en crachotant. Elle devait dater de la même époque que la Chartreuse, se dit Eugénie. Une fois sur le plateau, le moine bifurqua sur une piste et la suivit en cahotant. Il prit plusieurs intersections, la jeune fille eut l'impression de tourner en rond lorsque la silhouette massive de la bergerie apparut. Son chauffeur arrêta le véhicule dans le sous-bois derrière la bâtisse.

Aussitôt, quatre hommes sortirent et commencèrent à décharger. Eugénie descendit, prit son sac et se retrouva nez à nez avec un grand et longiligne jeune homme. Le cheveu et la barbe noir corbeau, les yeux gris pétillants, il avait belle allure. Elle identifia aussitôt Drake, que Julien lui avait décrit.

— Bonjour, Piculu. Captain Morgan n'a pas exagéré. Tu es magnifique, fit-il d'un air appréciateur.

— J'apprécie le compliment, Drake, mais il a aussi dû vous dire que ce genre de remarque machiste était déconseillé en ma présence.

Drake éclata de rire. Elle est exactement comme son ami Julien l'avait décrite, une vraie passionaria. Pas étonnant qu'il en soit dingue.

Les choses mises au point, Drake montra à Piculu la petite pièce où elle pourrait laisser ses affaires et où elle dormirait. Il s'excusa de la précarité, mais le camp n'était pas adapté aux femmes. Elle comprenait bien et lui fut reconnaissant de lui avoir trouvé un petit espace à part des hommes. Ils avaient beau savoir que Piculu, c'était la belle de Captain Morgan, elle n'était pas à l'abri d'un geste déplacé. Les membres du groupe venaient de tous horizons et s'ils étaient fiables dans leur patriotisme et leurs missions, ils n'en étaient pas moins d'une rusticité basique pour certains. Une fois la camionnette de l'abbaye repartie, Drake revint vers Eugénie et lui expliqua le programme souhaité par Julien.

Ce serait Drake lui-même qui formerait la jeune fille. Il lui apprendrait à tirer à la mitraillette et au pistolet. C'étaient les deux armes les plus courantes et les plus légères chacune dans leur catégorie. Pour le moment, il lui mit dans les mains un fusil de chasse classique, il l'amena devant les étagères à munitions et lui demanda de charger l'arme. Il avait déjà noté qu'elle avait saisi le fusil qu'il lui tendait de la bonne façon et qu'elle l'avait porté canon vers le bas. Elle parcourut des yeux les étagères, garnies de toutes sortes de munitions. Elle reconnut les boîtes qui venaient de chez Armand Sabatoun et sourit quand son regard passa dessus. Puis elle reconnut les cartouches de chasse du même type que celles utilisées par les hommes Leccia. Elle envoya la main vers les rouges instinctivement. Elle vérifia le calibre sur le culot et l'engagea dans le canon.

— Parfait, je vois que les Corses forment leurs femmes et leurs filles au maniement des armes, la taquina-t-il.

Elle se retourna vivement, une répartie sur les lèvres, et comprit à temps qu'il plaisantait. Elle lui sourit sans rancune.

Quel sourire, se dit Drake, *si nous étions libres tous les deux, je lui ferais un brin de causette à la Corse, moi.*

Il lui montra ensuite les deux modèles qu'elle utiliserait le lendemain. Le premier était un pistolet Destroyer. Le genre de petite arme qu'il faut toujours avoir sur soi lors des missions à risque. Il n'était pas trop lourd, à peine neuf cents grammes, et convenait à une main de femme. Son calibre 7,65 faisait malgré tout de beaux dégâts, d'autant que ses neuf coups permettaient de multiplier les tentatives.

Eugénie le prit en main, le manipula, le chargea et le déchargea avec dextérité et aisance.

— Bigre, je suis tombé sur une Mata-Hari, ne put s'empêcher de souligner Drake.

Eugénie avait pris la mesure de son humour et prit la remarque comme un compliment. Elle rangea munitions et pistolet à leur place et se déplaça vers les mitraillettes.

La mitraillette Sten, bien que légère, affichait tout de même trois kilos et demi. Bien assez quand il fallait crapahuter toute une nuit avec l'arme en bandoulière. Tirer avec demanderait un peu plus d'application, car avec cinq cents coups par minute, on avait vite fait de vider un chargeur pour rien.

Drake appréciait le sérieux avec lequel Eugénie analysait les armes qu'il lui présentait. Lui apprendre à tirer ne devrait pas poser de gros problèmes. Il avait eu un doute sur sa force en la voyant descendre, toute fluette, de la camionnette. Et maintenant qu'il la voyait manipuler les trois kilos et demi de la Sten d'une seule main, il se dit que Julien avait déniché une perle.

Il la laissa un moment pour surveiller les différentes activités de ses hommes. Elle en profita pour faire le tour du camp, qu'elle n'avait vu que de nuit le mois précédent. C'était un petit village avec toutes les fonctionnalités nécessaires. La cuisine, l'infirmerie, le stockage, les lieux d'entraînement… Le tout savamment camouflé pour que la vieille bergerie reste une bâtisse abandonnée sur un plateau désertique.

Ils se retrouvèrent pour le repas. Deux grandes tablées avaient été dressées dans la bergerie. Drake trônait à l'extrémité de l'une d'elles. Il avait placé Eugénie à ses côtés. Son autorité sur le groupe ne faisait aucun doute. On le sentait respecté, pourtant certains étaient plus âgés que lui. Julien n'en avait pas parlé, mais elle devinait qu'il avait à peu près le même âge, entre vingt-cinq et trente ans. Il portait une alliance. Quelle vie pour son épouse, qui devait l'attendre quelque part dans le Var et trembler à chaque descente des Allemands ? Qui était-il sans la guerre ? Apparemment, quelqu'un de cultivé comme Julien. Elle se rendit compte qu'elle ne savait pas grand-chose de Julien non plus. Mais il le lui avait dit : « moins tu en sais, moins tu parleras au cas où… » Il serait temps de faire connaissance après… S'il y avait un après.

— Quelles sont les pensées négatives qui assombrissent ce joli minois ? intervint Drake

— Cette guerre qui n'en finit pas, par moment c'est décourageant.

— Oui, surtout quand on ne peut pas vivre pleinement sa jeunesse. Vous savez, je n'ai pas vu mon épouse depuis deux ans. Heureusement, nous échangeons des nouvelles par l'intermédiaire de Captain Morgan.

Son regard se perdit quelques secondes dans la mélancolie, puis il redevint Drake.

— Bon, nous allons laisser les gars s'installer pour la nuit. Je vous invite dans mes quartiers en tout bien tout honneur.

Eugénie comprit alors que la pièce commune servait de dortoir. Il fallait donc ranger les tables et déplier les lits Picot. Elle suivit Drake dans une petite pièce à l'arrière. La bergerie était adossée à un rocher, la pièce était troglodytique. Il bâtit un briquet et alluma deux bougies. Les seuls sièges étaient le lit Picot et une caisse de munition. Elle choisit la caisse. Il plongea la main dans une anfractuosité de la roche et en ressortit une bouteille.

— De l'alcool de cerise fait par ma mère, c'est tout ce que je peux vous offrir, dit-il en versant le liquide carmin dans deux verres usagés.

— Tchin ! fit-elle, à nos amours gâchées par la guerre !

— Et à nos alliés qui vont bientôt nous les rendre, compléta-t-il.

Ils discutèrent de tout et de rien, il était très agréable. Elle sentit que lui et Julien étaient plus que des compagnons de résistance, mais elle ne pourrait le savoir qu'après.

— Bon, allez, au lit. La journée de demain sera chargée.

Elle regagna sa pièce, où l'attendait le même lit Picot que pour tous. Elle s'installa et sombra presque aussitôt dans le sommeil. La lumière du jour la réveilla, puis elle perçut le grattement de la couverture contre son visage. Enfin, l'odeur de l'ersatz de café lui parvint, la décidant à se lever.

Une heure plus tard, emmitouflée dans son anorak, elle était debout à l'extrémité du champ de tir encore blanc de la gelée matinale. Ses doigts gourds peinaient à insérer les balles dans leurs chargeurs. La cible semblait être à des kilomètres. Elle se positionna comme Drake le lui avait montré, elle bloqua sa respiration et appuya sur la gâchette. La détonation sembla raisonner jusqu'à Brignoles. Elle baissa le bras. Drake se dirigea vers la cible.

— Plutôt bien pour une débutante. La balle ne l'a pas tué, mais il ne nous suivra plus pendant un moment. Deuxième essai.

Elle passa la matinée à s'exercer au pistolet. Les balles étaient comptées, elle répétait dix fois le geste avant de tirer pour de bon. À l'heure du repas, elle était capable de toucher mortellement une personne surgissant à proximité quel que soit le côté d'attaque. Drake était époustouflé. Les hommes avaient observé de loin les prouesses de la Piculu. Plusieurs vinrent la féliciter. Un parmi les plus anciens s'exclama en bout de table.

— C'est Calamity Jane qu'il fallait l'appeler, elle, pas Piculu.

Tout le monde rit. On se serait cru à une noce, pas dans un camp de maquisards.

La mitraillette Sten, c'était autre chose. Ce n'était pas tellement le poids ni la position qui perturbaient Eugénie, c'était le jaillissement soudain et continu des balles. Elle avait du mal à maîtriser son doigt pour ne pas vider le chargeur. Et chaque salve commençait dans la cible et finissait dans les arbres.

Ne pas réussir irritait la jeune fille au plus haut point. Il lui était inconcevable de ne pas arriver à maîtriser un geste mécanique de cette sorte. Drake s'en aperçut et imposa une pause. Il attendit qu'elle se décrispe un peu et expliqua à nouveau.

— Il faut démarrer légèrement sur la cible pour compenser la déviation vers le haut. Tu ne peux pas stopper la déviation, alors dirige-la en pivotant pour arroser horizontalement au lieu de partir en l'air. Il y a neuf chances sur dix que ta cible ne soit pas seule. Il vaut mieux tuer les autres que les oiseaux. Ensuite, si tu ne veux pas vider ton chargeur, tu comptes à partir du moment où tu commences à tirer et jusqu'à trente maximum, le mieux c'est vingt.

Il la fit essayer de reproduire le geste dans le vide en comptant, puis avec la Sten sans munition. Quand elle sentit qu'elle maîtrisait le principe et qu'elle était calme, elle décida de réessayer avec des balles. Elle stoppa sa première salve à seulement cinq.

— Non, je me laisse dévier. Respire, s'exhorta-t-elle.

Elle réessaya et tint jusqu'à dix sans presque dévier. Elle se tourna vers Drake, radieuse.

— J'essaye un dernier coup, après j'arrête de gaspiller vos munitions.

Elle se positionna en tirant une belle rafale bien dirigée et stoppée au bout de vingt-trois secondes.

— Bravo, bravo ! Des acclamations s'élevèrent des quatre coins du camp. Elle n'avait pas vu qu'ils étaient tous massés autour du champ de tir pour la regarder.

Eugénie devint écarlate. Drake lui reprit la Sten et ils rentrèrent à la bergerie. La nuit tombait, il était temps de dresser les tables pour le dîner. Le lendemain matin, le moteur de la camionnette qui approchait les fit sortir. Il fallait redescendre à La Crau. Drake lui remit un petit sac de toile.

— C'est mon cadeau d'adieu. On ne se reverra peut-être pas avant un moment. Dis à Captain Morgan de te présenter les fleurs à l'occasion. Tu n'es pas un danger pour elles.

Eugénie ne comprit pas tout, mais fut flattée d'une telle marque de confiance. Le périple inverse démarra et c'est dans l'après-midi qu'elle arriva à La Crau. Lucette l'aperçut la première et lui sauta dans les bras. Elle dut raconter ces deux jours sans en dire de trop. Yvoun calma plusieurs fois les trois L pour qu'ils cessent de questionner Eugénie.

Ce ne fut qu'une fois revenue à Toulon qu'elle put être seule pour déballer l'objet contenu dans le sac. C'était un pistolet Destroyer de calibre 7,65, le plus petit modèle bien adapté à sa main. Elle fut fière de l'avoir mérité aux yeux de Drake. Quand elle revit Julien, elle lui raconta son épopée par le menu. Ses commentaires sur Drake étaient tellement enthousiastes que le jeune homme fronça les sourcils.

— Qu'y a-t-il ? s'enquit-elle innocemment.

— Si je ne connaissais pas Drake aussi bien, je serais jaloux.

— Oh pardon, pardon, s'excusa-t-elle, confuse.

Puis elle lui transmit l'étrange conseil sur les fleurs. Il acquiesça d'un air entendu sans éclaircir la signification. Elle sut se taire et attendre le bon moment.

14
La grotte du Destel

*« La femme : ange dans la rue, sainte à l'église, belle
à la fenêtre, honnête à la maison, et démon au lit ! »
Miguel de Cervantès*

Le printemps approchait. Les rumeurs d'une action
d'ampleur venant d'Angleterre persistaient et rendaient
les Allemands fébriles. Les descentes des miliciens ou de la
Gestapo étaient monnaie courante. Chacun se méfiait de
son entourage et voyait des collabos à tous les coins de rue.

Les réseaux de résistants quittaient la côte petit à
petit pour se réfugier dans les massifs de l'intérieur,
plus difficiles à pénétrer. Les liaisons devenaient de fait
plus fréquentes, mais devaient être menées avec la plus
grande prudence. Les convoyeurs devaient s'assurer qu'ils
n'étaient pas suivis, ni surveillés, ni attendus au point de
rencontre par d'autres que leurs compagnons. Les trajets
de liaison devenaient longs et compliqués dans l'espoir de
semer l'éventuel suiveur.

Julien, dans la mesure du possible, évitait de recourir
aux services d'Eugénie pour ne pas la mettre en danger.
Cependant, fin mars, il fallut absolument monter à Siou-
Blanc du matériel de sabotage. Or la plupart des gars de
la rue des Riaux étaient partis dans le haut Var. Parmi les
hommes disponibles, il y avait un blessé, incapable de faire
un tel trajet, Jean-Louis, physiquement capable, mais qui

montrait trop de signes d'instabilité pour qu'on lui confiât cette mission, et René, le plus âgé avec ses soixante-huit ans, en capacité physique limite ; de toute façon Julien préférait le garder comme responsable de la planque. Les deux derniers, Luc et Giloun, étaient presque des gosses. Ils n'avaient que quinze et seize ans, il était hors de question de les envoyer là-haut. Il ne restait donc plus que Julien et Eugénie.

Ils choisirent la même tactique que la fois précédente, la randonnée en amoureux. Ils laissèrent entendre autour d'eux qu'ils profiteraient du weekend des Rameaux pour partir deux jours camper vers le vieux Beausset. Ainsi ils partiraient d'Ollioules, mais une fois dans les gorges de la Reppe, au lieu d'aller jusqu'au Beausset, ils bifurqueraient dans les gorges du Destel pour rejoindre le plateau par le Broussan.

À la place du matériel de camping, ils rempliraient leurs sacs de matériel de piégeage à livrer à Drake. Le samedi deux avril, Eugénie rejoignit Julien sur le boulevard de Strasbourg. Ils montèrent jusqu'à la gare, d'où partait le bus pour Ollioules. Cette ligne, les Cars Verts, ne faisait pas partie de la société de leur compagnon de réseau. Ils furent donc aux aguets dès qu'ils y prirent place. Les passagers étaient principalement des personnes rejoignant leur famille à la campagne pour les fêtes des Rameaux le lendemain.

Le trajet se passa sans encombre et ils descendirent sur la place au centre-ville d'Ollioules. Julien proposa de suivre le bord de la Reppe jusqu'à l'entrée des gorges pour ne pas avoir à marcher sur le bord de la route. Ils suivirent le lit de la Reppe. Le cours d'eau coulait tranquillement ce jour-là, car il faisait beau depuis plusieurs semaines.

Heureusement, car lorsque la pluie durait un peu trop ou tombait, comme souvent dans le Midi, de façon diluvienne, la Reppe enflait soudainement pour devenir un torrent impétueux qui parfois débordait sur la route, causant des dégâts considérables. Ce n'était pas le cas en ce premier samedi d'avril, le soleil les accompagnait et des nuées d'oiseaux se taisaient à leur approche. Le sentier pierreux les ralentissait un peu, mais c'était si agréable d'être au bord de l'eau avec les ajoncs qui commençaient à ouvrir leurs pétales jaunes d'or. D'autres couleurs s'y mêlaient, avec le blanc de la bruyère et le rose de la valériane. Eugénie sentait lui venir des envies de bouquets champêtres comme elle en ramenait toujours un énorme à sa mère quand elle était petite. « Au retour », dit-elle à Julien, « j'en cueillerai un pour Lisandra ».

Le jeune homme sourit, attendri. Sous ses airs de femme forte, sa compagne avait encore des réactions de jeune fille. C'est ce qui lui plaisait chez elle, elle restait naturelle même si la situation n'était pas favorable et l'obligeait à mûrir plus vite. Parfois, ses quatre ans d'écart lui semblaient un siècle tellement les années de guerre lui avaient volé son insouciance.

À la confluence de la Reppe et du Destel, ils tournèrent sur leur droite. Le Destel était un petit cours d'eau descendant du plateau de Signes. À partir du village du Broussan, il s'enfonçait dans des gorges de grès profondes. L'eau y avait sculpté des grottes désormais à mi-hauteur des quelque trois cents mètres qui les surplombaient. Quant au lit actuel, il était constitué de parties couvertes de gravillons, venus de coulées d'immenses éboulis recouvrant un côté telle une avalanche. Puis un préhistorique séisme avait laissé quelques couches de roches à demi-soulevées.

Là, il fallait jouer les équilibristes pour passer sur la pente ou sur la tranche quand l'eau remplissait la base. Un peu plus loin, on atteignait les marmites. Ces creux successifs creusés par l'eau tourbillonnante formaient des bassins bien ronds, se succédant sur quatre ou cinq étages comme des casseroles de tailles différentes disposées sur la table.

Eugénie s'émerveillait à chaque pas de la découverte de ces merveilles de la nature. Julien en oubliait presque qu'ils étaient en mission et que leurs sacs étaient bourrés d'explosifs. La jeune fille s'était accroupie au bord d'une marmite et observait des têtards gigotant près du bord. Un silence d'une rare qualité régnait autour d'eux. Tout à coup, Julien dressa l'oreille et fit signe de garder le silence. Tandis qu'il écoutait, ses yeux cherchaient déjà par où se faufiler en cas de danger.

Quelqu'un approchait effectivement, ils étaient au moins deux et venaient par les éboulis côté sud. Dans le doute, Julien choisit la prudence. Il fit signe à Eugénie de le suivre et s'engagea dans un sentier qui grimpait côté nord. Quelques dizaines de mètres plus hauts, le sentier s'arrêtait au pied de la falaise. Ils s'accroupirent dans les bruyères et les romarins et attendirent en silence. Les deux hommes furent bientôt au niveau de la rivière en dessous d'eux.

— Tu es sûr qu'il y a une livraison aujourd'hui ?

— Oui, ma source me l'a confirmé hier soir. Ils doivent passer par ici.

Julien et Eugénie échangèrent un regard contrarié et paniqué. Contrarié, car cela voulait dire que quelqu'un les avait trahis, qu'il allait falloir l'identifier et sévir. C'était rare, fort heureusement, mais très désagréable. Julien commença à paniquer, car la mission devait être menée à bien ce weekend. Mais comment allaient-ils faire pour passer, si ces deux-là restaient dans le vallon ? Et comment savoir si d'autres n'étaient pas disposés un peu partout dans le massif ? Ni l'un ni l'autre n'avaient envie de le savoir, encore moins de finir entre les mains des miliciens. Car il s'agissait d'eux, puisqu'ils parlaient français et que leur accent n'avait rien d'allemand.

— Il faut qu'on se planque, chuchota Julien.

Il se faufila, plié en deux entre les bruyères, essayant de ne pas faire rouler de pierre, de ne pas trop faire de bruit de branchages. Pas facile avec un gros sac dans le dos. Eugénie le suivait, peinant à avancer avec précaution, chargée comme elle l'était. Les voix retentirent encore.

— Rejoins Marcel, je descends vers la route.

Ils s'étaient immobilisés dès le premier son. Donc ils étaient des deux côtés au minimum. Ils reprirent leur progression lentement, petit à petit. Eugénie comprit qu'il revenait vers la zone des grottes. Il les lui avait mentionnées en passant le matin et lui avait montré l'ouverture de celle qui surplombait la première courbe de la rivière. Ils prirent encore un peu de hauteur. D'où ils étaient, ils pouvaient entendre les hommes en bas, dans le lit du Destel, comme s'ils étaient à leurs côtés, tandis qu'eux étaient protégés par la végétation.

Julien passa derrière un énorme rocher, qui avait dû chuter quelques centaines d'années auparavant. Un pin le surmontait, enraciné dans une fente qui avait suffi à sa graine pour s'installer et grandir. Eugénie pensa au figuier de la fontaine… Pourvu qu'elle le revoie.

À l'arrière du rocher, l'entrée d'une grotte ouvrait sa gueule béante. De l'extérieur on ne pouvait juger de sa profondeur. Toutefois, Julien était venu là avec une précision qui laissait supposer qu'il la connaissait comme une cachette sûre. Il lui prit la main, lui lança un sourire rassurant et entra dans la fraîche pénombre. Ils avancèrent dans le noir, essayant de ne pas trébucher sur les cailloux plus ou moins gros qui jonchaient le sol. Eugénie eut l'impression que le sol était en pente. Puis il lui sembla qu'ils tournaient. Julien s'arrêta et lâcha sa main. Elle resta parfaitement immobile en attendant les consignes. Elle l'entendit poser son sac et chercher dedans. Puis le faisceau d'une lampe torche éclaira les parois de roche humide.

— Nous avons passé un coude, on ne peut pas voir la lumière de l'entrée, la rassura son compagnon.

— Qu'allons-nous faire ? C'est impossible de monter à Siou-Blanc et, redescendre les sacs pleins, pas question non plus.

— Nous avons le choix. Soit nous attendons qu'ils partent, soit nous laissons la marchandise ici, nous redescendons et j'envoie un message à Drake pour lui dire où la trouver.

— Pour ma part, j'attendrais, qu'en penses-tu ?

— C'est mon idée aussi. Alors, installons-nous pour la nuit, elle va être fraîche.

Il n'était pas prévu au départ qu'ils aient à passer la nuit à la belle étoile et, comme leur sac était plein, ils n'avaient quasiment rien de plus que leurs vêtements. Julien sortit une bâche, qu'il étendit sur le sol après avoir débarrassé un espace pour deux des cailloux et des branchages. Il installa les sacs comme des oreillers. Il sortit ensuite des sachets de biscuits et de fruits secs, s'assit et tapota le sol à côté de lui pour inviter Eugénie à s'asseoir. Ils dînèrent de ces quelques frugales provisions, puis s'allongèrent sur leur lit improvisé. Julien éteignit la lampe pour économiser les piles.

Au bout de quelques minutes, Eugénie frissonna. Julien passa son bras autour de ses épaules. Elle se blottit contre lui.

— Je suis bien là, avec toi, ma Piculu.

Il prononça le mot corse en accentuant sur la première syllabe, comme le Pitchoun provençal.

— Toi, il faut que je t'explique le corse, répliqua Eugénie.

— Quoi ?

— Piculu, ça se dit « piccoul », on appuie un peu sur le « pi », on gutturalise le « coul » et on ne prononce presque pas le U. « piculu », répète.

Il s'exécuta plusieurs fois avant de maîtriser. Elle le fit s'exercer sur d'autres mots, qu'il lui traduisait en provençal. Chacun faisait connaissance du patois de l'autre, semblables par leurs racines méditerranéennes.

— Tu m'enrichis, c'est pour ça que je t'aime.

— Toi aussi, tu m'as tellement apporté. Pourtant, je ne connais presque rien de toi, reprocha-t-elle. J'ai deviné des choses. Je te les dis et tu me dis juste oui ou non, d'accord ?

Il acquiesça en silence et attendit sa première constatation.

— Drake et toi, vous êtes amis depuis longtemps.

— Oui.

— Tu connais sa femme.

— Oui.

— Après tout ça, tu me les présenteras sous leur vraie identité.

— Oui et on ira au restaurant ensemble.

Elle se blottit encore plus près, épousant son corps. Il posa son bras sur sa taille, la main posée sur son ventre. Il déposa une pluie de petits baisers dans son cou, dégagé par la tresse qu'elle arborait dans ces circonstances. Il poursuivit son exploration sur l'oreille, la tempe, tandis que sa main s'était faufilée sous son pull et son tricot, atteignant la peau chaude et soyeuse de son ventre.

Des milliers d'étincelles éclatèrent dans le ventre et les reins de la jeune fille. Elle se tourna vers lui et passa à son tour les mains sous les vêtements de Julien. Elle explora le torse musclé, la douce toison. Se relevant sur un coude, il l'embrassa fougueusement. Elle répondait de tout son corps, ses hanches s'arc-boutant vers lui comme un appel. Essoufflés, malgré l'obscurité, ils se fixèrent un l'instant.

— Tu es sûre ?

— Oui, souffla-t-elle.

Ils ôtèrent leurs anoraks et leurs pulls, en tapissèrent la bâche pour former un lit douillet. Laissant chaussures et pantalons, ils conservèrent toutefois leurs tricots de corps, car la température de la grotte était basse. Ils reprirent leurs caresses là où il les avait interrompues. Julien souleva le tricot et taquina la pointe d'un sein, qui durcit immédiatement à ce contact, faisant gémir Eugénie. Elle tâtonnait un peu, mais sa nature animale et son amour pour Julien lui dictaient les bons gestes et le jeune homme en fut agréablement surpris et comblé.

Mais à force de caresses, l'attente devint insoutenable et Eugénie réclama inconsciemment son amant en ouvrant les jambes sous son poids. Il la fit sienne avec douceur et seul le petit cri qu'elle échappa indiqua qu'elle était désormais une vraie femme. Bien plus tard, il lui demanda :

— Tu ne regrettes pas ?

— Il était temps, tu veux dire. En Corse, à mon âge, la majorité des filles ont déjà deux ou trois gosses !

— Tu es en retard alors, plaisanta-t-il. Je vais t'en faire un ce soir et un autre demain pour rattraper.

Ils rirent de bon cœur et, serrés l'un contre l'autre, emmitouflés dans leurs vêtements épars, ils s'endormirent.

— Tu te rends compte, fit Eugénie plus tard en regardant son amant à la faible clarté de la grotte, pour la première fois de ma vie, je rate le défilé des Rameaux !

— Et pour te vautrer dans le péché en plus, rétorqua Julien en cachant son visage entre les seins de sa belle.

— Heureusement que Lisandra est partie à Salernes, si elle ne me voyait pas rentrer ce soir, elle serait folle d'inquiétude.

Julien répondit par un baiser, tandis que sa main trouvait le chemin entre les cuisses de la jeune fille, qui se laissa aller sur les anoraks pour accueillir à nouveau ce moment de plaisir.

Bien plus tard dans la matinée, ils sortirent prudemment de la grotte, à l'affût du moindre bruit. Il y avait de fortes chances que les miliciens, pour ne pas attirer l'attention sur eux, soient rentrés participer aux rameaux. Pour les deux résistants, c'était impossible de rentrer sans avoir livré et, par précaution, Julien choisit d'attendre la nuit pour finir le trajet. Il le connaissait bien, il savait que sa compagne avait des pieds-de-chèvre comme tous les Corses de l'intérieur. Il avait donc confiance en eux et puis, cela lui permettrait de passer la journée dans la grotte avec Eugénie pour lui tout seul.

Cela faisait maintenant plus de trois ans qu'il la connaissait, qu'il en était amoureux comme jamais, plus d'un an et demi qu'ils étaient réellement ensemble, sans savoir si ce serait possible un jour de s'aimer au grand jour sans craindre pour l'autre à chaque minute. Alors il n'attendait qu'une occasion pour savoir si elle voulait bien être à lui avant de l'épouser. Aujourd'hui, son bonheur était complet. Elle l'aimait, elle était devenue sa femme. Plus rien ne pouvait lui résister, l'amour d'Eugénie était son armure.

Entre ébats amoureux, sieste, confidences échangées, la journée s'écoula sans qu'ils y prennent garde. Ils se réveillèrent après un corps à corps intense, la nuit était tombée. Julien alluma la torche pour vérifier l'heure. Vingt-deux heures ! Il était temps d'y aller.

Ils rangèrent leurs affaires et reprirent le chemin du Broussan. La lune les aidait à poser les pieds sur les bons rochers et vers quatre heures, ils furent devant la bergerie. Le gars de garde n'en revenait pas. « Captain Morgan et Piculu, on ne les attendait plus, on les croyait prisonniers, et puis les voilà, ayant fait le chemin de nuit, dans le Destel ! Quel courage ! »

Julien interrompit le flot de paroles pour qu'il les fasse entrer et qu'ils puissent enfin poser leurs sacs. Le brouhaha avait réveillé Drake, qui arriva dans la salle commune en même temps qu'eux. Il leur fit signe de ne pas réveiller les gars et d'aller dans la réserve. Là, une fois les sacs posés, ce fut des embrassades à n'en plus finir. Drake aussi s'était inquiété, même si sa confiance en Julien était grande.

— Je suis heureux de vous voir tous les deux.

Les amoureux se regardèrent brièvement, mais cela suffit à Drake pour deviner que leur relation avait franchi un pas. Il sourit et, comme ils comprirent, Eugénie devint écarlate et Julien fit diversion en réclamant à manger si possible. Ils reprirent des forces et dans l'après-midi, ils redescendirent vers Toulon.

15

Panique aux Riaux

« *Des chefs de guerre, y'en a de toutes sortes.*
Mais une fois de temps en temps il en sort un
exceptionnel. Un héros, une légende.
Des chefs comme ça, il n'y en a presque jamais.
Mais ils ont en commun de se battre
pour la dignité des faibles. »
Arthur — Kaamelot

Après les fêtes de Pâques, les Anselme retournèrent à La
Crau et Lisandra, Louis et Eugénie, qui les avaient rejoints
après le weekend des Rameaux, revinrent à Toulon.

Lisandra avait bien trouvé quelque chose de différent
chez sa nièce, mais elle n'arrivait pas à déterminer ce que
c'était. Lucette, par contre, à peine la jeune fille débarquée
à Salernes, l'avait entraînée dans la chambre et lui avait
demandé directement.

— Tu l'as fait avec Julien ?

Eugénie, loin de se douter que ça pouvait se voir, ne
comprit pas la question. Alors sa cousine lui fit un geste
explicite. La concernée rougit en guise de réponse.

— Raconte ! C'était où, comment, ça fait mal ?

Eugénie se rendit alors compte que Lucette souhaitait
plus s'instruire que faire la curieuse. Elle répondit donc
sobrement à ses questions.

Quand elle lui dit que c'était dans une grotte sur une bâche et leurs anoraks, Lucette fut sidérée. Comment pouvait-on avoir envie au point de faire « ça » – elle disait « ça » avec un air dégoûté – dans un tel un inconfort ? Quand elle sut que, en une nuit et une journée, ils avaient fait l'amour six ou sept fois, Lucette eut du mal à croire sa cousine. Comment pouvait-on avoir envie de faire « ça » plus d'une fois à la fois ? Eugénie sourit au souvenir de son weekend. Elle n'avait pas eu l'impression que c'était beaucoup, ils en avaient envie et à chaque fois c'était différent, c'était de mieux en mieux.

— Comment ça, différent, on fait toujours pareil, non ?

— Mais non, il y a plein de façons de se positionner, de se caresser, de s'embrasser…

Quant à la douleur, Eugénie ne se souvenait pas avoir eu mal. Elle avait senti qu'il perçait une résistance, mais en même temps elle avait ressenti comme un éblouissement et une onde de chaleur dans tout le corps. C'était tellement bon que s'il y avait eu une douleur, elle l'avait oublié.

Lucette secouait la tête, incrédule. Apparemment, les déclarations d'Eugénie allaient à l'encontre de ce qu'elle avait déjà entendu. Elle le lui demanda et apprit que Lucette n'avait jamais osé interroger sa mère et ne s'était fiée qu'aux racontars de ses copines. Ces dernières étaient presque toutes mariées et pas forcément par amour. Leur expérience n'était pas toujours heureuse.

— Tu devrais aborder le sujet avec ta mère. Yvoun et elle s'adorent, je suis sûre que leur première fois s'est bien passée.

Elle lui fit promettre de ne rien dire aux autres. Lucette jura être muette comme une carpe et repartit rejoindre la famille. Pourvu que les femmes ne se rendent compte de rien, se dit Eugénie, elle n'avait vraiment pas envie de partager son bonheur avec des personnes qui allaient lui dire : bébé, déshonneur, mariage, tes parents... Et autres remarques scandalisées si loin de ce qu'elle ressentait. Mais tout se passa bien.

Le repas de Pâques réunit toute la famille pouvant être présente. Une prière fut dite pour Uguet, Tonin et Piero, mais aussi pour Lucas, Ange et Nicola que l'on savait en bonne santé, mais que l'on aurait préféré avoir à la table familiale.

Les Varois et les Corses furent mélangés dans les cœurs, car tous avaient un lien avec plusieurs des présents. Puis le repas se déroula dans la bonne humeur. Louis lâcha qu'Eugénie avait un galant depuis un bon moment. Elle fut questionnée par tous et essaya de répondre, car certaines questions ne pouvaient avoir de réponse. Julien, en effet, ne voulait pas lui dire trop de choses tant que le danger était là. Puis Vittori se rappela l'époque où Lisandra et Uguet étaient tombés amoureux. Chacun raconta une anecdote. Eugénie en avait déjà entendu la plupart aux repas précédents, mais elle était bon public et rapprochait les récits de sa propre expérience. Après des retrouvailles émues par les événements, il fut temps de regagner chacun son logis. Vittori regarda partir tout le monde, les larmes aux yeux. Marie et Lucien restèrent jusqu'au soir avec Arlette pour qu'elle ne soit pas seule si vite.

Le mardi suivant, tout le monde était de retour à ses occupations. Julien passa à l'atelier d'Armand le mercredi. Déjà dix jours que les Rameaux étaient passés. Maintenant qu'il avait goûté au gâteau, Julien en aurait bien pris une part tous les jours.

Il entra dans la boutique, prit Eugénie par la taille, déposa un baiser sur ses lèvres et murmura son désir en effleurant son oreille. Son souffle dans son cou fit frissonner la jeune fille, néanmoins elle se dégagea en lançant un regard vers le fond de l'atelier. Il lui tourna autour comme un chien autour d'un os. Mais Armand était dans l'arrière-boutique et les vitrines donnaient sur la rue, donc pas question de gestes déplacés.

Il en vint aux choses sérieuses, un parachutage devait avoir lieu dans une semaine à Siou-Blanc. Le lâcher se ferait de nuit, dans l'espace libre proche de la route. Les gars de Drake récupéreraient les marchandises et deux jours plus tard, les hommes restant au Riaux viendraient en chercher une partie. C'était très risqué, mais indispensable pour être efficace. Normalement, Julien et Eugénie n'avaient rien à faire. Leur rôle serait de récupérer et de cacher ce qui serait descendu à Toulon.

Eugénie voulut savoir la raison de cette procédure. Pourquoi stocker les marchandises ailleurs ? Cela voulait dire encore une manutention en ville et donc le risque d'être repéré. Et pour les mettre où ? Les Riaux ne convenaient plus ?

— En fait non, répondit Julien. Il y avait une taupe qui les avait donnés l'autre fois pour le convoyage à Siou-Blanc. Cette taupe pouvait vendre la planque des Riaux à tout moment. Il fallait commencer à se replier tout en essayant d'identifier la taupe. C'est pourquoi dans un premier temps, ils déménageront eux-mêmes les affaires stockées en commençant par les munitions restantes. Ils les emmèneront dans une nouvelle cache un peu à l'extérieur de la ville, ce sera plus discret.

Le jour dit, toute l'équipe des Riaux était nerveuse. Ils eurent du mal à dormir, imaginant les gars cachés sur le plateau, l'avion qui approchait, les lumières qui s'allumaient au sol pour signaler le lieu du largage. C'est là qu'ils étaient vulnérables et repérables car occupés, le bruit de l'avion couvert par le bruit au sol.

L'opération se déroula bien. Les paquets arrivèrent à terre sans être trop éparpillés. Ils n'en perdirent aucun. Ils rentrèrent à la bergerie vers deux heures du matin. Drake était fier de ses hommes et content de la mission accomplie.

Il fit parvenir un message à Julien pour lui donner le feu vert pour que les hommes de Toulon viennent chercher le matériel reçu. Il s'agissait de plusieurs mitrailleuses Hotchkiss en pièces détachées. Elles seraient remontées à Toulon et utilisées pour empêcher les Allemands de se sauver le jour où… Le jour tant attendu où les alliés arriveraient.

Deux jours plus tard, comme prévu, les gars de Toulon montèrent sur le plateau, chargèrent les sacs à dos et entreprirent le chemin du retour. À l'aube, ils avaient rangé tout le matériel dans la cache à l'arrière de la maison rue des Riaux. À sept heures, ils se couchèrent pour récupérer, Julien et Eugénie devaient passer dans la soirée et commencer à sortir les paquets les uns après l'autre.

Captain Morgan, par acquit de conscience, voulut passer vérifier que tout était prêt pour le soir. Il se libéra vers treize heures quarante-cinq et sauta dans le tramway qui reliait le quartier du Mourillon au boulevard de Strasbourg. Il descendit du tram à quatorze heures et descendit le long de l'Opéra en direction des ruelles du centre.

Les occupants des Riaux furent réveillés en sursaut par des éclats de voix, les Allemands hurlaient dans la rue et sous le passage. L'accent guttural raisonnait comme un glas. Un coup d'œil à la montre leur indiqua qu'il était deux heures de l'après-midi. En quelques minutes, ils évacuèrent la planque par l'issue de secours. Quatre d'entre eux filèrent dans les ruelles de la vieille ville et s'engagèrent dans le premier passage venu pour changer de rue. Trois autres essayèrent de se diriger vers l'Opéra, mais la rue était gardée. Ils furent interceptés par la milice.

Julien arriva en haut de la rue et vit la rangée de soldats allemands qui la barrait, rangée doublée par des miliciens, qui cueillirent trois hommes qui arrivaient en courant du passage des Riaux. Le jeune résistant les reconnut aussitôt et fit demi-tour immédiatement. Il contourna le quartier largement et, en zigzaguant, il revint par le sud à proximité. La rue était redevenue calme. Un soldat était en faction devant la porte sous le passage. La porte grande ouverte laissait entendre les ordres aboyés par les gars de la milice aux soldats. Normalement, seuls les munitions de pistolet et les vivres étaient dans la réserve. Les pièces des mitrailleuses avaient dû être dissimulées dans la maison voisine par un accès masqué dans la cour intérieure.

Il transmit aussitôt l'information à Armand. Ils évitèrent la rue des Riaux pendant quelques jours, le temps de s'informer sur les événements, de savoir si les prisonniers avaient parlé. Drake fut averti et le mot de passe fut changé.

Ce n'est qu'au début de mai que la situation fut suffisamment calmée pour que la récupération des mitrailleuses put avoir lieu. Les quatre qui avaient pu fuir se réfugièrent à la bergerie. Parmi les trois qui avaient été arrêtés, seulement deux furent fusillés. Le troisième disparut dans la nature. Drake et Captain Morgan en déduisirent que c'était lui la taupe.

Julien et Eugénie effectuèrent le transfert des paquets, qui furent entreposés dans le sous-sol d'une coquette villa sur la corniche du Faron. Aucun nom ne figurait sur la boîte aux lettres. Eugénie ne posa pas de question. Les deux chefs du réseau savaient ce qu'ils faisaient, car, de ça, elle en était sûre : Julien occupait la même place que Drake au sein du réseau. Elle l'avait remarqué début avril à la bergerie. La même déférence respectueuse entourait son amoureux et son ami. Mais maintenant, avec la dissolution de l'équipe toulonnaise, une page se tournait.

16
Les fleurs

« Trouver un prénom pour un bébé n'est pas toujours chose facile. Mais lorsqu'il y en a deux... »
Anonyme

Elle le pressentait depuis la prise de la maison des Riaux, il fallait que Julien parte. En tant que chef du réseau toulonnais, s'il n'était pas déjà fiché, il ne tarderait pas à l'être. Entre la taupe et ceux qui avaient été fusillés, ce serait étonnant que personne n'ait parlé.

Aussi, quand il le lui annonça, elle était résignée. Résignée à ne plus le voir, à ne pas savoir où il serait, ce qu'il ferait, résignée à peut-être n'avoir même plus un message de temps à autre, résignée à ne pas savoir s'il vivait encore. Il lui tenait les mains dans les siennes et la regardait dans les yeux. Il y vit passer un voile sombre et ses pupilles se mouillèrent de larmes, puis elle se redressa, inspira une grande goulée d'air marin et revint se perdre dans ses yeux. Mais l'ombre avait disparu, elle était prête à endurer. Comme elle était forte ! Julien pensa à sa mère, qui avait réagi presque pareil la veille au soir. C'était pour cette force qu'il les aimait et les admirait. Julien sourit à Eugénie et la prit dans ses bras. Ils étaient à la pointe des rochers, près de la Tour Royale, face au large. Quelque part au loin résidait l'enfance d'Eugénie, en Corse.

— Un jour je t'emmènerai, je te montrerai Corte et le maquis.

— Je t'aime, fut la réponse du jeune homme. Ce soir nous sommes invités à dîner. Et tu avertiras Lisandra de ne pas s'inquiéter, car tu ne dormiras pas chez toi.

Intriguée, Eugénie tenta d'en savoir plus, mais il ne lâcha plus un mot sur ce sujet. Il mobilisa son énergie à faire provision de sa peau, de son odeur, de ses lèvres, de sa voix. Il ne cessait de la regarder, de la toucher. Elle sentait son besoin et le comprenait, car c'était aussi le sien. Ils passèrent l'après-midi ensemble et eurent du mal à se séparer ne serait-ce qu'une heure, le temps pour Eugénie de se changer pour la soirée et d'avertir sa tante.

— Tatie, Julien part demain.

Lisandra ne demanda pas où et pourquoi, elle connaissait la réponse. Par contre, elle s'inquiétait pour sa nièce. Allait-elle tenir le coup ?

— Ce sera peut-être pour plusieurs mois. Tu vas tenir ?

— Il faudra bien. Tu es là, Louis aussi. Comment fais-tu, toi, sans Uguet ?

— Je sais où il est et j'ai une lettre de temps en temps.

— Je tiendrai, tatie, une Leccia ne craque pas.

— Si ton père et ton oncle t'entendaient, ils seraient fiers de toi.

— Je dîne en ville avec Julien ce soir.

— D'accord, soyez prudent. Pensez au couvre-feu.

— Je ne rentre pas dormir ici. Je ne sais pas ce qu'il a prévu, mais il m'a dit de t'avertir pour que tu ne t'inquiètes pas.

— Est-ce raisonnable ? Vous avez attendu plus de trois ans, pourquoi risquer d'être enceinte maintenant ?

— Tatie, ça fait plus d'un mois que je risque d'être enceinte. Et rien ne m'empêchera de continuer.

— Je comprends, dit Lisandra en soupirant. Nous sommes toutes pareilles.

Intriguée, Eugénie se dit qu'elle ne savait pas tout sur sa tante.

— Toi et Uguet, vous avez… avant le mariage ?

Lisandra rosit un peu et avec un sourire contrit, mais pas repentant du tout, précisa.

— Pendant plusieurs mois, entre le retour d'Uguet de Corse et le mariage en août. La première fois, c'était chez tante Ursuline, au cours Lafayette.Mes parents dormaient deux chambres plus loin.

— Oh ! Tatie, je suis choquée, taquina Eugénie, moi qui te considère comme un modèle.

— Et bien, tu as fait comme ton modèle.

Elles rirent de bon cœur et Eugénie fila se préparer. Julien avait dit « tenue pour dîner en ville, pas plus ». Elle choisit donc une robe de tergal pêche, qui rehaussait le noir de ses cheveux qu'elle laissa libres. Un gilet émeraude compléta sa tenue. Elle tournait devant Lisandra, en quête de son approbation, lorsque Julien arriva.

Inutile de lui demander son avis, pensa Lisandra, son visage parle pour lui. Il venait de saluer la flûtiste sans quitter sa nièce des yeux. Ses sentiments transpiraient par tous les pores de son corps. Quelle chance d'être aimée ainsi !

Julien salua Lisandra en espérant la revoir dans de meilleures conditions et ils sortirent. Elle les regarda s'éloigner dans la rue. Eugénie avait posé sa main sur le bras de Julien. Il se pencha légèrement pour lui parler, ils riaient. Leur bonheur était si réconfortant, mais si court... Et quel avenir auraient-ils ?

Les amoureux prirent le tramway jusqu'au Mourillon. Ils marchèrent jusqu'à une splendide villa en bord de mer. Julien fit entrer Eugénie dans le jardin et la conduisit jusqu'à la maison.

— Tu es ici chez Monsieur et Madame Mesnard, mes parents.

Avant qu'elle n'ait le temps de dire un mot, la porte s'ouvrit sur une femme proche de la cinquantaine, la mère de Julien.

Elle fut accueillie avec chaleur et, dans la véranda où ils se dirigèrent, elle aperçut Monsieur Mesnard et deux jeunes filles quasiment identiques, dont une portait un enfant d'environ un an. Julien fit les présentations.

— Mon père, les fleurs, dit-il en désignant les jeunes filles.

Comme Eugénie faisait la relation avec ce que Drake avait dit, il expliqua.

— Rose, ma sœur, et Violette, sa jumelle. Violette est l'épouse d'Auguste Leduc que tu as rencontré à la bergerie.

Eugénie comprit que la relation de Drake et Captain Morgan dépassait l'amitié. Plus tard au cours du repas, elle apprit qu'Auguste savait qu'il avait une petite fille, mais ne l'avait vue qu'en photo, car il était à Signes depuis l'hiver 42-43 et Camille était née en mai 43.

Eugénie fit, ce soir-là, connaissance avec l'enfance de Julien. Elle apprit qu'Auguste et lui sortaient de l'école des officiers de marine. Elle comprenait maintenant sa culture, son maintien, son sens de l'honneur. Après un excellent repas très convivial, Eugénie sut qu'elle avait trouvé chez les Mesnard une nouvelle famille sur laquelle

elle pouvait compter. Madame Mesnard ne pouvait cacher son inquiétude, mais pour Violette et pour Eugénie, elle la minimisait et faisait bonne figure.

Mais l'heure du couvre-feu approchait et Julien donna le signal du départ. Eugénie, qui croyait dormir au Mourillon, fut surprise. Les adieux furent émouvants, les fleurs pleuraient en étreignant leur frère, Madame Mesnard se tamponnait les yeux en répétant « fais attention, mon grand, prenez garde tous les deux. » Monsieur Mesnard ne put se retenir de serrer son fils dans ses bras. Sa difficulté à parler valait largement les larmes qu'il réussit à ne pas verser.

Le couple referma le portail de la villa, tout chamboulé de ces adieux familiaux. Ils descendirent jusqu'au boulevard sans prononcer un mot. Julien tenait la main d'Eugénie et de temps en temps la serrait un peu plus fort en lui jetant un regard. Arrivés à proximité du stade Mayol, Julien fit signe à un taxi car il était tard pour le tramway où le bus.

— Mais où allons-nous ? interrogea la jeune fille.

— Sur la corniche, tu connais, là où nous étions l'autre jour.

Il s'agissait de la villa où étaient stockées les Hotchkiss. Une fois à destination, Julien compléta l'explication.

— En fait, c'est la maison d'Auguste et Violette. Elle est retournée chez mes parents pour ne pas être seule avec le bébé en 43. Auguste m'a dit que je pouvais utiliser la chambre d'amis.

Eugénie était un peu déroutée par toutes ces nouvelles informations. Elle n'avait pas le réflexe d'associer Drake à Auguste dans son esprit, encore moins de le relier à Julien par sa sœur. C'est donc la tête pleine de pensées qui s'interféraient qu'elle suivit Julien au travers de la grande villa meublée avec goût, mêlant l'ancien et le moderne. Ils se retrouvèrent en haut de l'escalier sans qu'elle en ait eu vraiment conscience.

— Ça fait beaucoup pour une journée, constata-t-il, laisse-moi te détendre.

Elle acquiesça machinalement et le suivit. Ils entrèrent dans une des chambres, le lit était fait et ouvert.

— C'est Rose qui s'en est occupée à ma demande.

Eugénie rougit rétrospectivement à l'idée que la jeune fille avec qui elle avait passé le dîner savait ce qu'elle allait faire ensuite avec son frère. Puis elle reprit ses esprits. C'étaient les dernières heures qu'elle passait avec Julien. Il était hors de question de les gâcher en réflexion. Elle secoua la tête pour en chasser les dernières et sourit à son compagnon. Il lui retourna ce sourire ravageur qui l'avait conquis dès le premier soir où il était entré dans la boutique d'Armand Sabatoun. Elle se laissa emporter par la violence de ses sentiments et le tourbillon de désir qui l'envahissaient.

Elle fit un pas et se lova contre ce corps qu'elle connaissait déjà bien, mais qu'elle voulait apprendre encore pour retenir tous les détails pour les semaines à venir. Julien n'en demandait pas moins. Ils basculèrent sur le lit et entamèrent une longue nuit de volupté, débridée par le sentiment de l'inexorable. Vers trois heures du matin, Eugénie s'éveilla, contempla Julien endormi à ses côtés, la main sur son sein, une jambe entre les siennes. Elle se dégagea doucement et constata le désordre du lit. Une bouffée de honte la submergea. Quelle catin elle faisait ! En repensant aux gestes qu'elle avait faits cette nuit, elle se dit que si sa cousine savait, elle serait outrée. Cela la fit rire, Julien se réveilla à son tour, voulut savoir pourquoi elle riait. Quand il sut la réponse, il lui dit :

— Viens par ici, je vais t'apprendre encore des choses choquantes.

Et ils oublièrent à nouveau le monde autour d'eux pour quelques heures. Ce fut le soleil, dont les rayons éclairaient leurs visages à travers les persiennes, qui les éveilla au matin. Le corps fourbu et, mais l'âme en paix, ils se blottirent une dernière fois l'un contre l'autre. Puis ils s'habillèrent. Julien ferma soigneusement la villa, et remit les clés à Eugénie.

— Ne viens plus ici tant que tu n'as pas de message signé « Drake et Captain Morgan, frères de sang » te demandant de les mettre en action.

Ils n'arrivaient pas à se séparer. Mais petit à petit, ils se détachèrent l'un de l'autre. Julien se dirigea vers le chemin qui montait vers le Faron, situé entre deux villas voisines. Eugénie alla vers l'avenue qui descendait vers Sainte-Anne et la gare. Quand se reverraient-ils ? Seul le futur le dirait.

La jeune fille rentra place Puget. Lisandra la laissa s'enfermer dans sa chambre sans un mot. Elle comprenait la détresse de sa nièce. Il fallait qu'elle s'y fasse toute seule, avant d'affronter le regard des autres. Eugénie reparut en fin d'après-midi, le visage fatigué. On voyait qu'elle avait pleuré, mais elle s'était changée et était prête à présent à affronter le reste de la guerre seule.

— J'ai faim, annonça-t-elle, en pénétrant dans la cuisine, où Louis et sa mère préparaient le repas.

Ils lui sourirent. Eugénie Leccia était de retour, ils seraient avec elle pour tenir jusqu'au bout. Ils retrouveraient Uguet et Julien, et reprendraient leurs vies, différemment, mais entourés de ceux qu'ils aimaient.

17
La fusillade

Noms donnés aux Allemands :
Boches, Fritz, Frisés, Doryphores, Prussiens, Teutons,
Casque à pointe, Chleuhs, Vert-de-gris...

Cela faisait trois semaines que Julien était monté à Signes. Trois semaines sans nouvelles. C'était prévu, il le lui avait dit. Néanmoins, Eugénie dormait mal, faisait des cauchemars, avait du mal à être attentive à l'atelier. Armand avait beau être compréhensif, au bout de la deuxième semaine, il la prit en face à face et lui dit ce qu'il pensait. Il était normal qu'elle fût perturbée, mais le travail ne devait pas en souffrir. Les soucis personnels devaient rester à la maison. Eugénie encaissa les reproches sans sourciller, mais elle y réfléchit toute la nuit et convint qu'elle s'était laissée submerger par la solitude. Le lendemain, elle se reprit et redevint attentive et appliquée.

C'était compter sans les événements extérieurs. À Signes, depuis presque dix ans, le maire était François Bonnifay. Or celui-ci était fidèle au gouvernement de Vichy. Dès la fin de 43, il signala à l'occupant la présence d'activités illicites sur le plateau de Signes. À compter de ce signalement, les Allemands surveillèrent les allées et venues sur tous les accès du plateau, depuis Le Beausset, Ollioules, Solliès-Toucas, Méounes... Tous les chemins, toutes les routes furent sous surveillance. En janvier, ils avaient failli attraper des résistants qui livraient de Toulon à Signes. En mai, ils avaient raté de peu une grosse livraison d'armes. Les résistants avaient été malins et ils connaissaient le pays comme leur poche. Il était difficile de les avoir. Heureusement, au printemps, une rafle avait réussi rue des Riaux. Ils avaient attrapé deux résistants et sauvé leur taupe. Un bon résultat, même si le chef, un certain Captain Morgan, leur avait échappé. Il avait ensuite disparu dans la nature. Sa compagne, qu'ils avaient surveillée pendant près d'un mois, était irréprochable. Elle allait tous les jours travailler à la boutique d'un certain Armand Sabatoun, un juif fiché, mais contre qui rien n'avait jamais été établi. Les miliciens comme les Allemands étaient furieux de ne rien avoir de concret contre Armand et Eugénie. Aussi, quand les informations concernant le plateau de Siou-Blanc tombèrent, ils furent plus qu'heureux. Enfin, ils les tenaient.

Sur le plateau, la vie n'était pas simple. Les volontaires étaient de plus en plus nombreux. Le maquis Drake comptait désormais pas loin de deux cents personnes. Population hétérogène composée d'anciens plus lents, mais plus prudents, de jeunes fougueux et vifs, d'ouvriers, de paysans, d'intellectuels, de gars du bord de mer, d'autres du moyen Var. Tout ce petit monde cohabitait difficilement. Les conflits étaient quotidiens et difficiles à arbitrer, d'autant plus que se posait le problème du ravitaillement. Les liaisons étaient de plus en plus surveillées donc espacées, les fermes à proximité faisaient leur possible, mais ne réussissaient pas à satisfaire la demande grandissante.

Alors le camp se morcelait, une grande partie s'était déplacée vers Mazaugues, zone moins risquée où les glacières pouvaient servir de planques pour le matériel. Un autre problème se posait aussi : faire patienter les hommes. Cela faisait des mois qu'ils s'entraînaient, récupéraient des armes, des explosifs. À part quelques petites missions ponctuelles, il n'y avait rien de concret. Ils devenaient nerveux ou apathiques selon leur nature. Les fortes têtes voulaient prendre le pouvoir et distillaient leurs venins auprès des plus crédules, tentant de discréditer Drake et Captain Morgan. L'arrivée de ce dernier permit à Drake de souffler un peu et d'installer le camp principal à Mazaugues. Heureusement...

Le dix-huit mai, c'était un jeudi, à sept heures trente, le matin, des soldats allemands furent conduits dans le secteur de la bergerie sous la direction du patron du moulin du Gapeau. Il s'avéra que ce dernier agissait sous la menace, car sa femme et ses enfants, restés au moulin, étaient sous la pointe des pistolets allemands. Les faits furent rapportés en ville par des habitants de Signes.

Vers huit heures trente, commença une fusillade qui dura toute la matinée et semblait provenir de la zone où se trouvait la bergerie. La rumeur rapporta que seulement deux patriotes avaient pu s'échapper du camp assailli. Ils ne savaient pas ce qu'étaient devenus leurs camarades, mais ceux-ci avaient tenu jusqu'à l'épuisement de leurs munitions. En fait, il ne restait qu'une vingtaine de gars et quasiment plus de munitions. L'échange fut donc beaucoup moins long, mais les événements, lorsqu'ils sont contés, s'amplifient toujours.

Ce ne fut que le lendemain que des sympathisants vinrent sur le site et découvrirent le charnier où avaient été enterrés les résistants du camp de Siou-Blanc. Le maire de Signes ne voulut rien savoir. Il fallut aller à Toulon pour faire constater l'attaque. Ce ne fut donc que le lundi que les membres du parquet de Toulon montèrent à Signes et visitèrent le lieu de l'attaque. Les corps avaient été sortis de la fosse, recouverts d'un drap, une étiquette les identifiant figurait sur la plupart. Malgré tout, certains étaient horriblement mutilés et de ce fait méconnaissables. La tête de l'un d'eux avait été écrasée. Sur un autre, on pouvait relever plus d'une trentaine de blessures. Un peu plus loin, un petit tas comportait pas loin d'une centaine de douilles, en majorité allemandes. Les responsables du parquet de Toulon délégués à cette sinistre tâche emmenèrent les victimes vers le cimetière de Signes, où ils furent inhumés.

La nouvelle arriva à Toulon le mardi vingt-trois mai. Elle se diffusa rapidement et en fin de matinée, parvint à la boutique d'Armand. La personne qui la leur apporta ne connaissait pas Eugénie et raconta ce qu'elle savait, et peut-être ce qu'elle ne savait pas aussi, avec force détails. Eugénie, livide, se retenait au comptoir pour ne pas défaillir. Armand essayait en vain de stopper le bavard, conscient du désespoir de sa jeune apprentie.

Lorsqu'elle rentra le soir, Lisandra était à l'opéra pour la soirée. Louis l'accueillit et vit aussitôt que quelque chose clochait. À force de patientes questions, il obtint l'information. Il se fit rassurant.

— Ils étaient beaucoup plus nombreux. Donc beaucoup se sont échappés. Pourquoi les deux morts non identifiés seraient forcément Julien et Auguste ?

Eugénie voulait y croire, se persuada que Louis avait raison et réussit à avaler son dîner. Mais deux heures plus tard, quand Lisandra revint, elle était de nouveau assaillie par le doute et le désespoir. Sa tante la rassura à son tour avec presque les mêmes paroles que celles de Louis. Petit à petit Eugénie se calma et reprit espoir. Il était tard quand elle trouva enfin le sommeil.

Elle retourna travailler chez Armand, mais elle n'était plus que le fantôme de la jeune fille qu'elle était un mois auparavant. Elle attendit le samedi pour aller voir la famille de Julien et Auguste au Mourillon. Ils avaient appris l'attaque de la bergerie comme elle, en début de semaine. Était-ce l'effet de groupe, mais ils étaient plus confiants qu'Eugénie. Pour Monsieur Mesnard, les deux corps non identifiés ne pouvaient pas être ceux des deux chefs. Son raisonnement était très cartésien. Tout d'abord, jamais Auguste et Julien ne seraient restés ensemble coincés dans une embuscade. Un des deux serait peut-être resté avec ses hommes, mais l'autre aurait tout fait pour rester en vie afin que le maquis Drake ait toujours un chef. Voilà qui en sauvait un. Ensuite, les faits rapportés faisaient état d'une vingtaine de morts et du même nombre ou à peine plus d'armes. Si le camp avait encore été actif, ce sont des stocks entiers qu'ils auraient trouvés.

— Eugénie, tu y es allée, tu as vu leurs réserves, il y avait bien plus que ça, non ? l'invectiva Monsieur Mesnard.

— C'est vrai, la pièce qui servait au stock était pleine d'étagères des deux côtés. Toutes les étagères étaient pleines. Surtout après la livraison des Hotchkiss.

Eugénie dut se ranger à la conclusion du père de Julien. Tous les récits entendus ne donnaient pas les mêmes chiffres ni les mêmes noms, mais aucun ne parlait de mitrailleuse. Les Allemands n'avaient récupéré que des pistolets et des fusils mitrailleurs. Donc le camp avait été déménagé auparavant. Donc les chefs étaient ailleurs et les morts n'étaient que des hommes finissant de vider le camp de la bergerie. Eugénie et Violette voulaient y croire de tout leur cœur. Elles s'accrochaient au raisonnement de Monsieur Mesnard avec la foi des désespérés.

Deux semaines plus tard, ce fut le camp d'Aups qui fut attaqué et connut un grand nombre de victimes. D'autres zones où se trouvaient des maquisards dans le département du Var et ailleurs furent attaquées par les soldats allemands aidés des miliciens.

La nouvelle du débarquement en Normandie arriva seulement le huit juin dans ce contexte et mit un peu de baume au cœur des Provençaux. D'autant que l'espoir d'un débarquement en Provence se fit jour et tous en étaient convaincus. Les résistants varois se mobilisèrent dans la foulée. Plusieurs centaines d'hommes se retrouvèrent à Siou-Blanc et ailleurs sous la direction des FFI.

Les parachutages étaient attendus toutes les nuits. Les Allemands réagirent avec l'aide de la milice contre les maquis les plus importants, ceux situés entre Aups, Canjuers et l'immense étendue du plan de Canjuers au Nord de Brignoles. Plusieurs expéditions furent organisées, les maquis furent momentanément désorganisés et démoralisés.

L'état-major départemental devait se recentrer, car des éléments importants avaient été trahis. Les Varois Jules Cisson, François Cuzin et lieutenant Pelletier avaient par conséquent été exécutés. Les chefs de secteur comme Drake ne recevaient plus de consigne. Dans l'impossibilité de poursuivre la guérilla sans ordre précis, les hommes se sentirent acculés et devinrent nerveux.

Des dérapages se produisirent dans les villages à proximité du camp. À Mazaugues, l'épicier fut volé à plusieurs reprises, à Aups une femme fut violée. Les chefs de secteur durent arrêter et livrer à la police leurs propres hommes, ce qui n'arrangea pas le moral des troupes.

Avec l'arrivée de l'été et de la chaleur, les hommes souffraient du manque de ravitaillement. L'isolement qui était un avantage tournait en malédiction. Les plateaux du centre du Var étaient des contrées arides et peu peuplées où se faire ravitailler était une gageure.

À Toulon, les informations venues de Londres étaient suivies avec assiduité. À la joie du débarquement se mêla l'inquiétude pour les soldats. Tonin et Piero faisaient-ils partie des Français débarqués en Normandie ? Étaient-ils toujours vivants ? Les deux familles se reposaient sur Lisandra qui, selon eux, devait en savoir plus parce qu'elle était en ville, parce qu'elle fréquentait du monde. Les angoisses de Vittori, Bertoun et Marie pour Tonin, celle de Chjara, Battistu et Fiora pour Piero se déversaient place Puget sur Lisandra, qui ne savait plus sur qui se renseigner en premier. Louis et Eugénie la soutenaient autant que possible, car ils s'inquiétaient aussi. Louis pensait à son père. Et si les Allemands se vengeaient du débarquement sur les prisonniers ? Eugénie, outre Julien et Auguste, qui occupaient la majeure partie de son esprit, s'inquiétait pour les autres maquisards de la famille. Leurs parents les pensaient à l'abri dans des caches introuvables. Or elle savait que ce n'était pas le cas et les nouvelles provenant des maquis varois lui faisaient craindre le pire à chaque instant. Lucas Anselme faisait partie du maquis Vallier situé à Canjuers, entre autres. Lisabeu et Yvoun ne le savaient pas, heureusement. Pour eux, il était quelque part vers les Mayons, à l'abri des représailles et des trahisons. Elle ne les détrompait pas, au moins ceux-là vivaient tranquilles. Du côté corse, par contre, les parents d'Ange et de Nicola suivaient attentivement l'actualité du maquis. Mais le réseau corse existait bien au-delà de la guerre et les nouvelles circulaient plus facilement.

C'est ainsi que fin juin, arrivèrent par message à la boutique d'Armand des nouvelles de Corse. Eugénie sut par la suite qu'Ange et Drake communiquaient depuis le printemps pour coordonner certaines actions clandestines en mer. Aussi, quand Nicola avait eu connaissance d'une information concernant leur famille, il l'avait passée à Ange qui l'avait transmise à Drake pour qu'il en fasse part à Eugénie et Lisandra. Le message était laconique, mais euphorisant :

Piero et Tonin sont à Elbe depuis le dix-sept juin.
Tout le monde va bien.
Ange

Donc de ce côté-là, tout allait bien et, si le message était parvenu jusque-là, c'était que Drake ou Julien, ou les deux, étaient toujours en vie. Elle essaya de se raisonner. Le réseau de Drake savait qu'Eugénie travaillait chez Sabatoun. Qui que ce soit ayant remplacé les deux chefs décédés aurait su lui faire parvenir le message. Elle secoua la tête pour s'empêcher de conjecturer et attrapa son chapeau pour filer place Puget informer sa tante.

Lisandra et Louis furent plus qu'heureux de la nouvelle. Ils eurent du mal à téléphoner à Salernes, mais finirent par avoir Marie à la boutique de l'usine. Enfin savoir où était son Tonin lui fit le plus grand bien. Elle abrégea la conversation, pressée d'aller informer Bertoun et Vittori.

Cette bouffée de bonheur était éphémère, ils le savaient tous, mais quel soulagement !

18
Sampan

*« Sampan : embarcation asiatique à fond plat
marchant à la godille munie d'un dôme en bambou
pour abriter les passagers »*
Petit Larousse

Les Allemands étaient de plus en plus offensifs en
cette fin de juillet. Le vingt-deux, c'est encore à Signes
qu'ils frappaient en interceptant un véhicule de retour
d'expédition nocturne. Cette attaque compta parmi les plus
meurtrières du secteur. Le camp Vallier perdit son chef
adjoint et de nombreux autres furent tués ou succombèrent
à leurs blessures.

Début août, le douze, une autre attaque fit encore son
lot de morts. Les occupants et leurs hommes de main
français menèrent encore d'autres expéditions. À Canjuers,
huit morts, à Bessillon, dix otages, à Vins, quatre fusillés.

Dans le Var, ces opérations firent à elles seules plus de
quarante victimes, dont des responsables départementaux.
Quand elle apprit la nouvelle, Eugénie se précipita chez les
Mesnard. Elle y trouva, comme elle le prévoyait, Madame
Mesnard et Violette en larmes. Rose tentait tant bien que
mal de les rassurer, mais elle n'en menait pas large. La
venue de la jeune fille leur apporta une bouffée d'espoir.
Son élan positif et sa meilleure connaissance des règles de
la Résistance firent mouche. Elle avança argument après

argument et leur démontra autant qu'à elle-même que si Auguste ou Julien était parmi les morts, ils ne pouvaient pas y être tous les deux. Concernant les lieux qui avaient été cités, soit ils les avaient déjà quittés, soit il n'était pas prévu qu'ils y soient. Donc, à moins d'un malheureux hasard, leurs maquisards couraient toujours.

Malgré la répression, les maquisards continuèrent le combat presque au grand jour. Dans un premier temps, ce furent les occupants et les collaborateurs isolés qui furent pris pour cible.

Sur la côte, la population agit avec ses moyens. Les ouvriers se mettaient en grève à Toulon, La Seyne. Les ménagères descendirent dans la rue et manifestèrent. Des tracts furent distribués, des journaux aussi, les affiches furent inlassablement recollées toutes les nuits. On vit même des manifestations patriotiques se mettre en place, comme celle d'Hyères, qui rassembla plusieurs milliers de participants.

Eugénie reprit la distribution de tracts et le collage d'affiches. Elle dormait peu et était souvent absente. Il lui arrivait souvent de rentrer de mission à l'aube chez Auguste, où elle entreposait les affiches et tracts. Comme il était tard, elle somnolait dans le lit de sa dernière nuit d'amour jusqu'à l'heure de rejoindre Armand à l'atelier.

En préparation au débarquement tant attendu, plusieurs parachutages eurent lieu. Il s'agissait d'hommes, cette fois. Ils étaient chargés de missions bien spécifiques, comme la mission Sampan, visant à empêcher le sabotage du port de Toulon par les Allemands. Cette mission portait le nom de code de son chef, le lieutenant de vaisseau de la Ménardière. Ce fut un parfait exemple de coopération des armées avec la Résistance. Constituée depuis l'automne 43 d'un groupe d'une vingtaine de volontaires, elle était destinée à être envoyée en France en armes et uniforme dans les maquis proches de la côte quelques jours avant le jour J. La mission comportait un volet renseignements et un autre, portant sur l'anti sabotage.

L'équipe Sampan fut parachutée mi-juin dans le Vaucluse. La milice et les Allemands étant très actifs dans la région du Luberon, le voyage vers Toulon s'avéra trop risqué. L'équipe avait sauté avec trois postes-valises radio destinés à échanger des informations avec les alliés postés à Alger. Deux des membres de l'équipe partirent pour Toulon le vingt-six juin. Ils organisèrent l'acheminement des trois postes et des armes.

Le matériel fut pris en charge par un groupe du rail de Pertuis à Toulon. Eugénie reçut un message lui indiquant d'attendre une livraison par la poste le vingt-six au soir, à la villa d'Auguste. La Poste ne livrant pas le soir, elle se demanda par quel moyen et quelle marchandise allait arriver ce soir-là. Quand, en fin d'après-midi, un véhicule de la Poste s'arrêta devant le portail, deux hommes en descendirent et emmenèrent les trois caisses contenant les postes dans le garage de la villa. Au lieu de lui faire signer un bon de livraison, le postier lui remit les instructions pour dispatcher les caisses en ville. Le message était signé Drake. Elle pourrait rassurer Violette.

Elle joignit ensuite les contacts établis en ville pour les livrer à chaque poste. Ce qu'Eugénie n'avait pas vu s'organiser, c'était une réunion qui aurait lieu à Toulon avec les responsables du réseau du Var, dont Drake. Pour cela, il lui fut demandé de trouver un local sans qu'elle sache pour quel usage.

Elle s'attela à la tâche. Contactant les différents points de chute du réseau au centre-ville, les postes furent livrés et montés dans trois caves, deux dans la Basse-Ville, un au Mourillon. Quant à la réunion, il fut difficile de trouver un lieu sûr, discret et assez grand pour se conformer aux prescriptions de son message. Elle finit par dégoter auprès du Parti communiste un local à Barbès, le quartier populaire derrière le Pont du Las. Surveillés par les FFI, les chefs de réseau pouvaient venir tranquilles. Ni les Allemands ni la milice ne montreraient leur nez ici.

Lors de cette réunion, il fut constaté le volume trop important et très intéressant des informations recueillies. Les rassembler les trier, les envoyer à Alger n'était pas dans les moyens de l'équipe en place. Il fut donc décidé qu'un des membres de Sampan ferait la liaison. Drake, qui savait sur qui compter en Méditerranée, demanda à Eugénie de lui fournir un détail pouvant servir de signe de reconnaissance auprès de son frère et de son cousin. Elle ne réfléchit pas plus d'une minute avant de lui confier la phrase suivante :

— Qui passe le col de Vizzavona ?

À laquelle il fallait répondre et elle était sûre que ni Nicola ni Ange n'avaient oublié leur jeu d'enfant :

— C'est le père Petru sur sa bourrique

C'était une référence à l'histoire que leur grand-père, Petru Leccia, leur avait racontée mille fois, celle de sa venue de Conca à Corte avec sa femme Chjara, ses trois enfants et sa mule. Drake donna ces éléments à l'officier de liaison et lui fournit les points de contact hors Corse. Le long périple commença alors.

L'officier de liaison prit d'abord le train jusqu'à Marseille. Il monta à Pertuis en car, puis rallia Grambois en bicyclette. De là, il se rendit à Apt, d'où il rejoignit en camion le maquis de l'Archiduc. Il fut coincé plusieurs jours avant que l'avion attendu arrivât et les emmenât en Italie. D'Italie, il traversa vers Calvi, où le maquis des Agriates en la personne de Nicola l'attendait. Ils échangèrent la phrase qui faisait office de laissez-passer. Nicola ne put s'empêcher de sourire en entendant la question. Après avoir répondu, il questionna :

— Eugénie va bien ?

— Je suppose qu'il s'agit de Piculu.Oui, elle va bien. C'est une sacrée jeune femme. C'est une amie ?

— Ma sœur et je confirme, elle a du caractère en quantité suffisante pour faire ce qu'elle fait.

Le rôle de Nicola était de conduire son passager jusqu'à Ajaccio, où Ange s'était occupé de trouver une liaison sure vers Alger. Bien que Nicola affirmât connaître Ange, l'officier voulut échanger le mot de passe malgré tout. Il reçut en réponse le même sourire qu'à Calvi et un coup d'œil complice des deux jeunes gens.

— Vous êtes aussi son frère ?

— Non, son cousin. Elle va bien ?

— Oui, très bien. C'est quelque chose, les familles corses. J'en avais entendu parler, mais là, je le constate et c'est beau, conclut l'officier.

— Vous serez à l'état-major d'Alger ?

— Oui, pourquoi ?

— Vous pouvez envoyer un message à Piculu ?

— Bien sûr, écrivez-le sur ce carnet. Pas plus de trois ou quatre phrases courtes, je le ferai transmettre à mon arrivée.

C'est ainsi que quelques jours plus tard, un des opérateurs radio de Toulon glissa une feuille pliée en quatre dans la boîte aux lettres de la boutique d'Armand Sabatoun. Lorsqu'Armand déplia la feuille, ses yeux tombèrent directement sur la mention « pour Piculu ». Il appela Eugénie, lui passa la feuille et la laissa seule dans le bureau.

« Sœurette, quelques mots pour te dire que tous les tiens vont bien, que ce soit à Calvi, Ajaccio ou Corte. Les deux qui sont à Elbe doivent te rejoindre bientôt pour le feu d'artifice. Prends soin de toi. N et A »

Eugénie était tellement émue qu'elle en avait les larmes aux yeux. Armand, qui était revenu, crut à une mauvaise nouvelle. Elle le rassura d'un sourire. Toute la famille varoise fut heureuse d'entendre ces nouvelles. Toutefois, la phrase concernant le feu d'artifice les laissa sur leur faim.

L'officier remercia plus tard Drake pour l'efficacité de ses contacts en Corse. Remerciements transmis aux Leccia encore plus tard. Pour le moment, à Alger, ce que les alliés trouvèrent dans les documents apportés de Toulon leur fit modifier les plans du débarquement.

Pendant ce temps, les membres de la mission Sampan essayaient de résoudre le problème de l'anti-sabotage. Aucun maquis ne pouvait rester à proximité de la ville, les patrouilles étaient trop actives. Début août, une constatation s'imposait : l'anti-sabotage ne pouvait avoir lieu que par la force et la situation empirait chaque jour.

Le dix août, Sampan reçut l'ordre de ne rien déclencher tant qu'un membre supplémentaire, dit Lagne, n'avait pas été parachuté. Le quinze août, l'ennemi évacuait à toute vitesse. Les occupants restants étaient chargés de la destruction de l'Arsenal. Malheureusement, le dix-huit, tous les Français durent évacuer l'Arsenal. Les Allemands s'étaient repris, organisés. Sampan enragea d'entendre les explosions qui éclatèrent dans l'Arsenal.

Eugénie, qui était avec eux ce jour-là, eut le sentiment amer que l'état-major ne se rendait pas compte à quel point les gars sur le terrain s'investissaient et risquaient leur vie pour mettre en œuvre des actions qu'une simple absence d'ordre réduisait à néant. Sampan le lut sur son visage et lui expliqua que ce n'était pas si simple. Ils avaient une vision microscopique de leur zone, alors que l'état-major raisonnait à l'échelle mondiale. Avancer un pion à Toulon en aurait peut-être fait reculer trois en Normandie ou au Japon. Il fallait leur faire confiance le feu d'artifice était pour bientôt.

Encore ce terme de feu d'artifice, se dit-elle. Elle hésitait à poser la question. Voulait-elle vraiment savoir ? La date du débarquement signifiait la reprise des combats, définitifs cette fois. Il n'y aurait qu'un gagnant, et même si c'étaient les alliés qui en sortaient victorieux, quel en serait le prix ? Combien de morts encore ? Parmi eux, qui pouvait lui dire que les siens n'y seraient pas ?

Auguste et Julien seraient parmi les maquisards, en première ligne comme tous les chefs. Tonin et Piero allaient faire partie des soldats débarqués, arriveraient-ils jusqu'ici ? Lucas, maquisard aussi, n'avait pas donné de nouvelles depuis plusieurs semaines. Où était-il ? Et Uguet ? Si les Allemands continuaient à reculer, n'allaient-ils pas s'en prendre aux prisonniers ? Tant d'incertitudes l'assaillaient ! Pour la première fois depuis le début de la guerre, elle se laissa aller et sanglota comme une enfant sur l'uniforme de Sampan, désemparé par son désarroi.

Mais s'être épanchée lui fit du bien. Elle releva la tête, plus déterminée que jamais. Elle s'excusa de sa faiblesse auprès de l'officier, admiratif devant ce petit bout de femme si forte.

— Vous avez un fiancé ?

— Oui vous le connaissez peut-être, c'est Captain Morgan.

— Je le connais. C'est un grand chef de groupe. Vous allez bien ensemble. Soyez heureuse après tout ça.

Le demain, il partit rejoindre son équipe en dehors de la ville. Elle ne le revit pas.

19
Les préparatifs

« Le fil rouge sur le fil rouge,
Le fil vert sur le fil vert »
On a retrouvé la 7e compagnie

Enfin le débarquement eut lieu. Et pourtant, il avait failli être annulé à plusieurs reprises. En effet, Churchill préférant un débarquement dans les Balkans, l'opération aurait dû se dérouler en même temps que celle de Normandie. Mais Eisenhower, le président américain, voulant augmenter le nombre de divisions à débarquer, il fallut décaler le débarquement en Provence par manque de bateaux.

L'opération s'appela Anvil, enclume, puis elle fut baptisée Dragoon. Son but était de créer un second front dans le Sud afin de diviser les forces allemandes et de s'emparer des ports à eau profonde qu'étaient Marseille et Toulon. Sous commandement américain, la septième armée était composée, outre des Américains, de Français sous le commandement du général de Lattre de Tassigny. Une fois sur le sol français, de Lattre prendrait le commandement.

Obligée de se défendre sur deux fronts, l'armée allemande se divisa et laissa dans le Sud seulement sept divisions, soit quatre-vingt mille hommes. Ces soldats, dont beaucoup étaient des Polonais ou des Russes enrôlés sous l'uniforme nazi, devaient s'opposer aux trente-deux mille cinq cents soldats alliés. L'armement était lui aussi inégal, mais ce fut surtout la qualité des troupes débarquées qui fit la différence. Le quinze août 1944, le débarquement des troupes alliées commença enfin. Il s'étendit sur les côtes varoises de Théoule, petit port du massif de l'Estérel, au golfe de Saint-Tropez jusqu'à l'orée de massif des Maures. Ce fut dans ce massif que neuf mille parachutistes furent largués dans la nuit du quatorze.

Ce furent tout d'abord les divisions américaines qui débarquèrent, guidées par les soldats d'élite français du Général Sudre. Les Allemands furent vite submergés et, au soir du quinze août, tous les objectifs avaient été atteints, sauf Fréjus.

Le dix-sept août, ce furent cent trente mille hommes et dix mille véhicules qui furent débarqués. C'était le tour de la deuxième vague, celle des soldats français. Les troupes françaises étaient motivées au maximum, car depuis l'armistice, aucun militaire français n'avait combattu sur le sol national. Parmi eux se trouvaient un Corse et un Varois, deux jeunes hommes de vingt-cinq et vingt-sept ans nommés Piero Leccia et Tonin Jauffred.

Il faisait encore nuit quand le panneau de la péniche s'abattit dans l'eau du rivage. Aussitôt l'ordre fusa que la masse des soldats se mit en marche. Piero et Tonin avançaient au coude à coude. Ils étaient tendus, car ils savaient que la vraie guerre commençait ici et qu'il allait falloir tuer des hommes. Mais quand ils posèrent les pieds sur le sable meuble de la plage du Dramont, ce fut l'émotion de retrouver le sol français au bout de quatre ans d'absence. Émotion d'autant plus grande pour Tonin, dont le village n'était qu'à une soixantaine de kilomètres de là. Il avança jusqu'à la lisière de la végétation et tomba à genoux. Il n'était pas le seul, nombre de soldats français, submergés par l'émotion, embrassait le sol de la patrie et essuyait quelques larmes avant de repartir à l'assaut.

Piero, tout d'abord surpris par la réaction de son ami, réalisa à son tour que le Var, c'était le continent, certes, mais c'était la France. Il masqua un sanglot en toussant un peu, et il aida son compagnon, encombré de son barda, à se relever pour avancer.

Ils pensaient à toute allure en marchant mécaniquement au milieu des autres. Il allait revoir sa famille. Les petits frères et sœurs devaient avoir changé en quatre ans. « Arlette ne va pas me reconnaître », s'inquiéta Tonin. « Eugénie est à Toulon, je vais peut-être la voir » songea Piero.

Soudain, la troupe s'arrêta. Un ordre fut aboyé au loin. Le temps qu'ils le déchiffrent, ils entendirent arriver les bombardiers. Chacun plongea vers le premier abri venu. Les deux Méditerranéens avisèrent un énorme pin penché par le mistral. Ils se réfugièrent sous l'imposant tronc. Ils en ressortirent indemnes, mais constellés de taches de résine. Ce n'était plus le moment de rêvasser, ils étaient là pour libérer leur pays, leur région.

Les troupes du général de Lattre avançaient rapidement, bien plus que prévu sur le calendrier initial. Ils parvinrent à convaincre le général américain de se diriger vers Toulon. Tandis que les Américains et les Canadiens remontaient vers le Nord, les troupes françaises eurent pour cible les ports de Marseille et Toulon. Ces deux objectifs prioritaires nécessitaient toutefois de veiller à ce que les dégâts sur les infrastructures soient minimes afin de pouvoir accoster avec la flotte alliée rapidement.

Deux informations furent cruciales. D'une part les Allemands avaient préparé la destruction des installations portuaires de Toulon. D'autre part l'accès Nord de la ville, bien que barré par les monts Coudon, Faron et Caume, serait totalement dégarni. L'option de la rapidité retenue par le général de Lattre semblait être la meilleure.

Mais les Allemands avaient une belle capacité de défense, avec vingt-cinq mille hommes et deux cent cinquante pièces d'artillerie. Les alliés essayèrent de détruire ses pièces en les bombardant, ce qui permit d'attendre des renforts. Ces renforts furent répartis en plusieurs fronts. Une division progressa par la côte, côté est, et après avoir passé Hyères, devait attaquer Toulon par son côté le plus défendu. Une deuxième division passa par la montagne au Nord de la ville. Enfin une partie de la troisième division prendrait Toulon à revers, par l'Ouest, tandis que l'autre partie filerait vers Marseille.

Tous ces mouvements furent facilités par le recours aux FFI, les forces françaises de l'intérieur, dont les Alliés avaient intégré l'utilisation dans leur plan de débarquement. Ce fut près de huit mille hommes qui reçurent pour mission de détruire des ponts, bloquer des routes, détruire des liaisons télégraphiques, attaquer les dépôts de carburant et de munitions.

Dans ce but, le 18 août, une réunion eut lieu dans un discret immeuble cossu du quartier Saint-Jean, boulevard Léon-Bourgeois. Les chefs de réseau de la ville étaient tous là, dont Eugénie. Les cinq maquisards étaient debout dans la petite cuisine entourant une table garnie d'armes. Michel, le plus âgé, répartissait les tâches.

— André, ton groupe est chargé du côté ouest. Vous vous chargez du dépôt de munitions de la pyrotechnie.

Puis vous vous repliez vers Ollioules. Au passage, vous sabotez le chemin de fer qui sort de l'Arsenal.

André opina du chef et, les ordres pris, recula contre le buffet.

— René, tu t'occupes de Saint-Jean. Il faut couper la voie ferrée qui arrive de Nice. Ensuite vous filez vers Tourris vous occuper du dépôt de munitions, avant de monter jusqu'au Coudon neutraliser les DCA. Ça fait beaucoup, mais vous êtes les plus nombreux.

René acquiesça, l'enjeu ne lui faisait pas peur. Son groupe avait déjà fait ses preuves à de nombreuses reprises.

— Marius, tu récupères les Hotchkiss à la villa. Vous les emmenez au point situé sur cette carte.

Il fit glisser une feuille pliée en deux sur la table en direction de Marius. Celui-ci la saisit, la déplia et écouta la suite des instructions en localisant les points d'installation des mitrailleuses sur la carte.

— Vous les montez aux endroits indiqués. Vous attendez le signal pour arroser tout ce qui bouge. Ça va ?

Marius, impassible, hocha la tête pour montrer son accord.

— Mon groupe va essayer de se faufiler au plus près de l'Arsenal pour empêcher les Allemands de le détruire. Reste le problème de la DCA du mont Caume. Il faudrait la neutraliser.

Il laissa sa phrase en suspens. Dans son esprit, toutes les équipes avaient reçu leur mission et le mont Caume était un problème.

— Je peux le faire.

La voix d'Eugénie venait de l'entrée de la cuisine, où elle était restée en retrait, appuyée à la porte depuis le début. Tous les visages se tournèrent vers elle. La mince silhouette dans sa légère robe fleurie contrastait avec l'expression déterminée du visage de la jeune femme.

— Et comment comptes-tu faire toute seule ? railla René.

Eugénie ne s'arrêta pas au regard narquois des gars face à elle. Elle leur expliqua comme à des débutants.

— Je prends le matériel de sabotage à la villa. Je le mets dans mon sac à dos. Je monte au mont Caume par le chemin. Je place les charges aux endroits porteurs et je tire la mèche lente à bonne distance. Je l'allume. Je me mets à couvert et j'attends…

André lui coupa la parole.

— Ne nous prends pas pour des demeurés. Tu sais monter une charge, au moins ?

— Oui, j'ai appris cet hiver à la bergerie.

Devant l'air sceptique des hommes, Marius intervint.

— C'est vrai, j'y étais. C'est Drake qui lui a appris. Et je l'ai vue tirer. C'est quelque chose ! Elle a la vista, la petite.

— Et le chemin, renchérit Michel, elle le connaît par cœur, avec toutes les livraisons qu'elle a faites de nuit avec Captain Morgan.

René, qui ne connaissait pas les états de service d'Eugénie, fut impressionné par ces références. Il connaissait les deux chefs et savoir qu'elle avait leur confiance lui en bouchait un coin. Tout le monde était donc d'accord sur la répartition. Michel sonna l'heure du départ après leur avoir transmis la nature du signal qui déclencherait leur action respective : un messager viendrait à leur domicile leur dire la phrase suivante :

« La saison des morilles est arrivée. »

Dès qu'ils auraient connaissance du signal, ils devraient mettre en œuvre leur mission, quoi qu'il arrive. Il en allait de la réussite de la progression des troupes débarquées, donc de la libération du Var. Ils se séparèrent et la vie chaotique de ce mois d'août 44 reprit.

Eugénie allait à l'atelier tous les jours, même s'il n'y avait plus de clients. Elle apprenait assidûment la fabrication des instruments à cordes. Elle se débrouillait assez bien avec la guitare. La famille des violons et contrebasses lui posait plus de difficultés. Le galbe de la caisse était plus complexe et le moindre défaut s'entendait. Le dix-neuf août, elle était penchée sur le façonnage d'un dos de violoncelle. Concentrée sur sa tâche, elle ne prêta pas attention aux clochettes de l'entrée. La voix de Louis à côté d'elle la fit sursauter.

— Tu m'as fait peur ! Que se passe-t-il ? demanda-t-elle, soudain inquiète, car Louis n'était jamais venu à la boutique d'Armand sans un sérieux prétexte.

— La saison des morilles est arrivée, dit-il simplement.

Un changement immédiat s'opéra chez Eugénie. Elle quitta la jeune fille passionnée de musique et rentra dans le personnage de la jeune femme chargée de neutraliser une DCA allemande avec une charge explosive. Louis en fut époustouflé. Il ne reconnaissait pas sa joyeuse cousine dans cette femme déterminée. D'une voix froide et posée elle déclara :

— Armand, je finirai demain. Il faut que j'aille aux morilles.

Puis à son cousin :

— On rentre à la maison, je dois me changer.

Armand, connaissant la nature réelle des morilles, vint aussitôt la serrer dans ses bras et lui prodiguer moult conseils de prudence. Louis commença alors à réaliser la portée du message qu'il venait de transmettre et en eut des sueurs froides.

Arrivée place Puget, elle revêtit un pantalon noir de toile légère, mais solide et une chemise de couleur ocre. Cette tenue, cohérente pour une jeune fille partant se promener dans la colline avec un sac à dos, lui permettrait d'être invisible la nuit venue. Lisandra à son tour l'étreignit tendrement et lui dit seulement :

— Reviens. Pour moi, pour tes parents, pour Julien.

Les deux femmes avaient les larmes aux yeux, mais elles se ressaisirent avec la force qui les habitait naturellement. La porte se referma à seize heures sur la silhouette juvénile d'Eugénie.

Elle prit le chemin de la villa d'Auguste, où elle devait récupérer le matériel et attendre la nuit noire. Une fois son sac équipé, elle le cacha à l'arrière du jardin, prêt à être chargé sur son dos pour suivre le chemin longeant le pied du Faron, puis elle monta dans la chambre. Elle s'allongea sur le lit où elle avait passé ses dernières heures avec Julien. Elle se remémora tous les bons moments qu'ils avaient vécus ensemble. Pourraient-ils jamais vivre ensemble, en paix ? Les jours qui allaient suivre le détermineraient sûrement. Il faisait nuit, à présent. C'était le moment.

Ça faisait plus de trois mois qu'elle n'avait pas emprunté ce chemin et c'était avec Julien. Un flot de nostalgie l'envahit. Elle inspira l'air chargé d'odeurs de la colline et se reprit. Sa vue s'adapta à l'obscurité et ses pieds trouvèrent leur équilibre sur le sol pierreux. Elle progressait rapidement à présent. Vers minuit, elle arriva à proximité de sa cible.

Elle s'arrêta sous l'aplomb d'un rocher pour reprendre son souffle et réfléchir. Elle était venue quelques jours avant repérer de jour les lieux propices à son action. La bouche de la DCA surplombait le vide, difficile de poser la charge, bien que ce soit la plus efficace. L'entrée de l'abri était plus facile d'accès, mais une charge à cet endroit-là ne servirait qu'à les alerter. Restait le vasistas au ras de la falaise. Sa proximité avec l'ouverture face à la rade signifiait qu'il donnait dans la même pièce. C'était l'idéal.

Elle ressembla les diverses pièces de la charge. Le bruit du rouleau de ruban adhésif lui sembla remplir la nuit. Mais en août, le bruit des grillons couvrait toute autre sonorité. Seul l'oiseau nocturne qui hululait à proximité se tut. Elle s'approcha du blockhaus en rampant presque au travers des bruyères et des romarins. La puissante odeur du lavandin qu'elle foulait lui remplissait les narines. Enfin elle fut sous le vasistas. Elle s'immobilisa. Pas un bruit. Elle plaça la charge sur le bord de la petite ouverture, enfonça l'extrémité de la mèche lente dans la pâte explosive et recula doucement en déroulant la mèche.

Elle prenait soin au passage de dégager la végétation desséchée par l'été, afin de ne pas incendier la colline avant que l'explosion n'ait eu lieu. Michel avait été clair, les explosions devaient être quasi simultanées, sinon ils seraient grillés. L'heure fixée était deux heures trente, le vingt août. Il était deux heures. Eugénie se cala dans un creux, à proximité de la mèche, et attendit. Elle avait calculé qu'il faudrait quatre minutes à la mèche pour se consumer. Elle alluma donc à deux heures vingt-cinq. Elle attendit deux minutes pour vérifier qu'elle se consumait correctement. Mais il lui fallait s'éloigner à présent. Elle descendit presque en courant sur cinq cents mètres et se retourna au moment où la lueur d'une exposition éclaira simultanément le quartier Saint-Jean et la zone de la pyrotechnie. Elle finissait de pivoter quand un vacarme énorme suivi de cris et d'imprécations en allemand retentit au sommet.

Le crépitement des munitions qui explosaient faisait penser à un feu d'artifice. Les débris de béton qui retombaient non loin d'Eugénie n'étaient pas légers comme des cendres. Elle s'éloigna encore pour être en sécurité. Après avoir récupéré ses esprits suite à la poussée d'adrénaline provoquée par l'action, elle entama la descente retour vers Toulon.

Au lever du jour, tandis que le bruit des premiers combats autour de Toulon se faisait entendre, elle dormait tranquillement dans son lit. Elle rêvait de Julien et un sourire éclairait son jeune visage. Lisandra, qui la regardait par l'entrebâillement de la porte, ne put qu'admirer le sang-froid de sa nièce.

20

La libération

« *On fait la guerre quand on veut,*
on la termine quand on peut. »
Nicolas Machiavel

Dans la soirée du dix-neuf, le combat commença à l'Est de Toulon. Malgré les bombardements de la flotte alliée, les sabotages des forces libres, la garnison protégeant la ville de ce côté-là résista plusieurs jours. Le vingt, les troupes côtières commencèrent à avancer. Les combats furent difficiles pour cette division, chargée de débarrasser la côte de tous les points fortifiés.

Piero et Tonin, affectés à la troisième division, avaient pour mission l'entrée par le Nord. Ils s'emparèrent de Solliès-Pont. À la sortie du village, Tonin fut interpellé.

— Oh, Tonin, te voilà de retour ?

C'était Albert, le cousin d'Yvoun, chez qui Tonin, en vacances à La Crau, avait eu l'occasion de venir manger les cerises et les figues de son verger.

— Albert ! Passe le bonjour à mon oncle et ma tante si tu peux.

Albert promit et la division s'éloigna vers Le Revest.

Pendant ce temps, Michel le maquisard avait rassemblé tous les résistants possibles car, au centre-ville, il fallait occuper les Allemands pour qu'ils se terrent dans les forts ou dans l'Arsenal, où ils seraient des proies plus faciles.

Mais ce ne fut pas sans mal et heureusement des renforts les rejoignirent. À La Valette, huit chars Sherman furent détruits avant que les positions allemandes ne soient vaincues. La première division parvint à prendre Hyères et poursuivit sa route vers Toulon.

De l'autre côté la deuxième division arriva le vingt-deux à Bandol, puis à Sanary. Toulon fut dès lors cernée. Le vingt-trois, la troisième division atteignait le mont Faron et s'emparait des forts, étonnamment mal protégés. Dans la plaine, les chars envahissaient la vallée. La bataille du Touar fut sanglante. Dans Toulon, on attendait, on entendait les combats qui faisaient rage à l'extérieur. La population n'osait plus sortir des abris. Puis l'avant-garde de la première division atteignit la place de la Liberté et rejoignit les groupes des FFI.

Le vingt-quatre, ce fut le quartier du Mourillon qui fut libéré après de rudes combats. La famille Mesnard, cloîtrée dans la cave, s'attendait au pire. Violette avait le plus grand mal à câliner la petite Camille. Elle était terrorisée par les bruits d'explosion de plus en plus rapprochés. Puis le calme revint, les bruits s'éloignèrent. Ils attendirent des heures encore avant de sortir. Monsieur Mesnard fut le premier à pointer son nez à l'extérieur. Les combats s'étaient déplacés vers la Porte d'Italie près du stade Mayol. Ils étaient sauvés, ils étaient libérés ! Le soir du vingt-quatre, les Allemands tenaient encore l'Arsenal, les forts de Malbousquet à l'Ouest, l'Eguillette à La Seyne. Mais il fallait continuer vers Marseille, alors le général de Lattre laissa la première division à Toulon et le reste des troupes poursuivit sa route.

Le vingt-cinq août, le fort Malbousquet céda, puis l'Arsenal. Les navires alliés pouvaient enfin entrer dans la rade et approcher du port pour soutenir les derniers combats.

Le vingt-six août, ce furent la ville de La Seyne puis le fort de l'Eguillette, le Cap Sicié, les batteries de Brégaillon et de Balaguier. La plupart de ces sites furent pris grâce aux FFI, venus de tout le Var. Les gars du maquis Drake y étaient aussi.

Le vingt-sept, les troupes françaises de la première division et les FFI se regroupèrent pour défiler dans Toulon. La nouvelle traversa la ville comme une traînée de poudre. Les abris, les maisons, les immeubles se vidèrent de leurs occupants qui se regroupèrent tout le long du boulevard de Strasbourg. La famille Mesnard passa place Puget et se joignit à Lisandra, Eugénie et Louis. Ils se faufilèrent pour atteindre le bord du trottoir à hauteur de l'opéra. La foule attendait, impatiente de saluer leurs libérateurs. Eugénie et Violette se tenaient par la main, le cœur battant à tout rompre. Elles savaient que les FFI devaient défiler avec les soldats. Verraient-elles Auguste et Julien ? Avaient-ils seulement survécu ? Le nombre de morts et de blessés était important. Il était impossible de savoir qui et où. Les deux jeunes femmes gardaient espoir malgré tout.

Un mouvement se fit au loin. Le bruit des engins sur le goudron du boulevard emplit l'air. Puis les clameurs s'élevèrent, les vivats couvrirent le brouhaha des moteurs. Le sol tremblait avec l'avancée de la colonne de véhicules. Ils allaient lentement, trop lentement au goût des deux jeunes femmes. Camille, blottie dans les bras de sa grand-mère, était inquiète de tout ce tintamarre et percevait l'anxiété du groupe qui l'entourait.

Enfin les premiers véhicules arrivèrent à leur hauteur. Un général était debout dans la première jeep et saluait la foule à gauche et à droite. Puis suivaient des chars, des Jeep, des camions. Tous ces véhicules étaient bondés de soldats. Des jeunes filles avaient escaladé les engins et défilaient aux côtés des hommes, ravis de cette aubaine. Eugénie et Violette, sur la pointe des pieds, essayaient de voir les hommes présents sur les véhicules, mais ceux qui marchaient à côté leur étaient masqués par la foule.

La colonne avançait lentement. Les véhicules passaient l'un après l'autre. La foule ne se lassait pas de les acclamer. Petit à petit la nature du convoi changea. Lisandra le fit remarquer aux autres.

— Regardez, ce sont des véhicules civils, maintenant. Les gars dessus, ce sont des FFI, pas des militaires.

Les cœurs se remirent à battre la chamade. Ils réussirent à se faufiler pour être au premier rang. Sur une camionnette qui s'approchait, un homme tapa sur l'épaule de son compagnon tourné vers l'autre côté du boulevard. Celui-ci se retourna et son collègue pointa du doigt vers l'opéra. Leurs visages s'illuminèrent d'un coup et ils se mirent à crier et à gesticuler.

Tout le groupe des Mesnard et Jauffred réunis scrutait attentivement chaque occupant des camions et autres qui passaient devant eux. Leur position les obligeait à n'étudier que ceux qui étaient quasiment à leur hauteur. Aussi ne virent-ils pas les gestes des deux hommes. Par contre, l'oreille affinée d'Eugénie perçut nettement son prénom dans le tohu-bohu.

— Eugénie, Eugénie !
— Violette, Violette !

Elles se tournèrent simultanément vers ces voix. C'étaient bien celles d'Auguste et de Julien. Debout à l'avant d'une jeep, Julien s'époumonait et gesticulait. Auguste essayait d'en faire autant tout en conduisant le véhicule. Elles se regardèrent une demi-seconde et furent d'accord. Violette récupéra sa fille dans les bras de sa mère.

— Viens chérie, on va voir papa.

— Papa, papa, balbutia la petite Camille.

Avant que Lisandra et Madame Mesnard n'aient eu le temps de dire un mot, les voilà qui s'avancèrent vers le centre du boulevard. Elles atteignirent la jeep et l'escaladèrent. Julien passa à l'arrière avec Eugénie. Violette s'assit à l'avant tout contre Auguste, Camille sur ses genoux.

Julien serrait la jeune femme dans ses bras de toutes ses forces. Il reculait, la contemplait, puis la serrait à nouveau. Le camion devant eux s'arrêta pour faire monter des jeunes filles sur la plate-forme arrière. Auguste en profita pour étreindre sa femme et sa fille. Camille avait un peu peur de ce grand gaillard qui la serrait et ensevelissait sa mère sous les baisers. Mais sa maman avait l'air si heureuse, et puis, elle lui avait dit que c'était son papa. À l'arrière, les amoureux se regardaient, les yeux dans les yeux. Ils oublièrent la foule, le bruit, la guerre. Il était là, elle était avec lui, ça leur suffisait.

Sur le trottoir devant l'opéra, Lisandra et Madame Mesnard essuyaient leurs larmes de joie. Rose et Louis reniflaient, tandis que Monsieur Mesnard se grattait la gorge. Le convoi repartit et s'éloigna, emportant les deux couples étroitement enlacés. Le défilé reprit et d'autres soldats le composèrent à nouveau. Louis bondit et s'écria.

— Tonin, Tonin, ici ! Tonin !

Tonin et son voisin tournèrent la tête. Lisandra bondit à son tour.

— C'est Piero, Piero ! Oh, mon Dieu !

Ils étaient debout à l'arrière d'une camionnette. Ils firent signe à Louis de venir. Celui-ci attrapa la main de Rose et rejoignit la camionnette, tirant la jeune fille, heureuse, mais confuse. Tonin tendit la main à son cousin et le hissa sur la plate-forme, tandis que Piero aidait Rose à les rejoindre. Les trois cousins s'étreignirent un instant. Puis Louis fit les présentations.

— Rose, la sœur du fiancé d'Eugénie, Tonin, un cousin de Salernes. Piero, un cousin de Corte.

Les trois garçons parlaient tous en même temps et Rose se sentait un peu dépassée. Tonin s'en aperçut et la fit asseoir sur le banc contre la cabine. Il s'assit à côté d'elle et fit connaissance avec la famille Mesnard. Lorsqu'il demanda comment Eugénie et Julien s'étaient connus, il fut stupéfait d'apprendre qu'elle faisait de la Résistance et que son chéri était un chef de réseau. Louis, au même moment, expliquait à un Piero ébahi que sa timide cousine avait fait sauter la DCA du mont Caume deux jours auparavant.

Il ne restait plus sur le trottoir de l'opéra que Lisandra et les parents de Julien. Le défilé s'étiolait, les derniers véhicules qui passaient étaient des particuliers, profitant de l'aubaine pour se montrer. Monsieur Mesnard proposa à Lisandra de les accompagner jusqu'au Mourillon pour fêter ça chez eux. Les jeunes allaient faire la fête et n'étaient pas près de rentrer. Il avait aussi remarqué que malgré l'euphorie ambiante, Lisandra restait comme détachée. En ayant fait la remarque à son épouse, celle-ci lui rappela qu'Uguet était toujours détenu en Allemagne. Il se dit alors qu'il ne fallait pas qu'elle rentre seule chez elle. La flûtiste précisa juste qu'elle voulait mettre un mot sur sa porte au passage, pour avertir les jeunes si par hasard, ils revenaient avant elle. Monsieur Mesnard en convint et ils se dirigèrent vers la place. Toutefois, il repensait à la fin de la Grande Guerre en 18. Tout officier de marine qu'il était alors, ça ne l'avait pas empêché de fêter l'armistice toute la nuit et d'être rentré au Mourillon soul comme un Polonais. Il se garda de le raconter, d'autant que son épouse n'avait pas apprécié.

Julien et Auguste ramenèrent la jeep à la villa de la corniche du Faron, il serait temps demain de la rendre à la division de Delattre. Pour l'heure, des priorités totalement différentes les appelaient. Camille avait fini par accepter que ce grand escogriffe la prenne dans ses bras et lui donne mille caresses et baisers. En fin de compte, sa voix grave lui plaisait bien et elle avait bien ri lorsqu'il avait soulevé sa blouse pour souffler sur son petit ventre en faisant des bruits de pétarade. Auguste ne s'était pas forcé, les « core papa » de sa fille valaient paroles d'évangile, auxquelles il obéit cent fois sans discuter. Il avait presque un an et demi à rattraper et comptait bien commencer tout de suite. Camille avait cédé au sommeil dans la montée de Sainte-Anne et, blottie contre la poitrine de Violette, elle dormait profondément.

Auguste leur jetait des coups d'œil réguliers, ne se lassant pas de contempler ce tableau si touchant. Toutefois ses regards, englobant la naissance de la poitrine de Violette dans le décolleté hexagonal de la robe de cotonnade légère, devinrent petit à petit chargés de désir. Violette, qui en avait perçu le message, dès l'arrêt de la jeep dans la cour, descendit du véhicule et annonça :

— Je vais poser la petite dans la nurserie et j'arrive.

Elle prononça le dernier mot en fixant son mari dans les yeux. Elle n'eut pas besoin de préciser où elle le retrouverait. Il poussa le portail de la villa et monta les marches quatre à quatre.

Julien et Eugénie étaient habités par le même démon depuis leurs retrouvailles sur le boulevard. Leurs mains se cherchaient, leurs corps se frôlaient, leurs yeux ne se quittaient plus. Ils suivirent Auguste au premier et retournèrent dans la chambre qu'ils avaient occupée au printemps.

Pendant plusieurs heures, le silence de la maison fut seulement troublé par les souffles des amants, leurs gémissements de plaisir. L'après-midi tirait à sa fin quand Camille ramena les deux couples à la réalité.

— Maman ! Pipi !

Auguste sauta du lit, enfila son pantalon et alla voir sa fille. Lorsqu'il passa la porte, elle mit quelques secondes à le reconnaître. Elle fronça ses petits sourcils de concentration, elle retrouva qui était ce grand bonhomme. Tout à coup, son visage s'éclaira, elle lui tendit les bras et dit :

— Papa, bébé caca.

Derrière lui, Violette éclata de rire.

— Tu vas avoir droit à ton premier caca. Quel honneur !

Mais Auguste, moins courageux que dans le maquis, laissa la place à Violette. Pendant que Camille se faisait nettoyer, Julien et Eugénie apparurent à leur tour.

— J'ai faim, dit Julien. Si on descendait chez mes parents ? Ils ont dû rentrer.

— On récupère Lisandra et Louis au passage, précisa Eugénie je ne veux pas les laisser seuls aujourd'hui. Ils n'ont pas récupéré leur absent.

Ils reprirent la jeep et démarrèrent en direction du centre-ville.

Pendant ce temps, Tonin, Pierrot, Louis et Rose étaient descendus de la camionnette à l'extrémité du boulevard. Ils s'étaient tout d'abord attablés dans un bar pour savourer une limonade bien fraîche, puis ils avaient fait le chemin en sens inverse, à pied en bavardant. Ils avaient tant de choses à se raconter. Machinalement, Louis les conduisit place Puget. La foule s'était dispersée, les terrasses des cafés étaient bondées, mélangeant civils, soldats, maquisards. Tous avaient le sourire et profitaient enfin de l'été. Arrivés à l'appartement, ils trouvèrent le mot de Lisandra. Après une courte pause, ils repartirent sur l'insistance de Rose, pour aller au Mourillon. Elle était sûre que sa mère était en train de préparer à dîner pour tous. Ils étaient affamés. Autant aller chez les Mesnard. Et puis elle trouvait Tonin bien sympathique et n'avait pas envie de le laisser si tôt. D'autant que ça avait l'air plutôt réciproque.

Ils arrivèrent à la villa surplombant les plages du Mourillon vers dix-huit heures. Madame Mesnard consultée, confirma qu'elle prévoyait à dîner pour eux tous. Elle avait justement une casserole de soupe au pistou toute prête et un saladier d'anchoïade frais du matin. Les garçons, privés de bonne nourriture depuis quatre ans, salivèrent à l'énoncé du repas. En attendant, elle leur offrit des chaises longues sur la terrasse.

Deux heures plus tard, tout le monde somnolait dans les fauteuils. Les verres de citronnade étaient vides, les cigales s'étaient tues. On n'entendait que le ressac des vagues sur la plage en contrebas. Tout à coup, le calme fut rompu par le bruit caractéristique des jeeps. La joyeuse équipée entra en trombe dans la cour et éparpilla le gravier en s'arrêtant au pied de l'escalier.

Tout le monde se leva en poussant des exclamations de joie. Pendant un quart d'heure, chacun des combattants passa dans les bras de tous pour des embrassades à n'en plus finir. Lisandra ne s'arrêtait pas de pleurer tant elle était heureuse de voir réunis les quatre cousins – Tonin, Piero, Louis et Virginie – et les Mesnard, qui désormais faisaient partie de la famille. Puis les effusions s'espacèrent. Madame Mesnard invita tout le monde sur la terrasse pour l'apéritif.

Rose, qui voulut soulager sa sœur du poids de Camille, s'entendit dire par la petite :

— Non, veux pas, moi. Et elle tendit les bras vers Auguste, ému et déjà fou de sa fille. Chacun le chahuta sur l'avenir que cela promettait à leur relation.

Le lendemain, la guerre reprit sa place dans la vie de chacun. Si Auguste et Julien étaient libres de leurs choix, Piero devait rejoindre la première division, tandis que Tonin, qui avait eu deux jours pour aller embrasser sa famille à Salernes, les retrouverait à Aix-en-Provence.

Julien choisit de rester à Toulon et de participer à la reconstruction de l'Arsenal. Auguste, toujours sous contrat d'officier de marine, embarqua le premier septembre à bord du Strasbourg.

Eugénie rayonnait de bonheur. Il lui était difficile de le tempérer lorsqu'elle croisait les fleurs. Violette et Camille avaient du mal à se remettre de ce nouveau départ, tous le comprenaient et les soutenaient de leur mieux. Celle qui surprit la famille par sa mélancolie fut Rose qui, a priori, n'avait pas de raison de se morfondre. Chacun y alla de ses suppositions, de son idée. Ce n'est qu'en octobre que le facteur apporta la réponse, sous la forme d'une lettre adressée à Rose émanant d'un village près de Dijon. La famille supposa qu'elle avait rencontré un soldat lors de la Libération en août. Ce fut Lisandra qui dénoua le mystère.

Un matin, quelques jours après la réception de la lettre, elle bavardait avec Madame Mesnard qui triait du linge. En vérifiant les poches d'une blouse, elle en sortit une enveloppe pliée en quatre.

— Tiens, c'est l'amoureux de Rose. Je suis curieuse de savoir qui il est, commenta la mère de Rose.

Lisandra attrapa l'enveloppe et la déplia. Elle était vide, bien sûr, mais quelque chose retint l'attention de la flûtiste. Elle alla chercher son sac à main dans le salon, fouilla dedans un instant et en sortit une lettre.

— Regarde, fit-elle à sa compagne en étalant les deux missives côte à côte.

— C'est la même écriture. Qui est-ce ?

— Tonin Jauffred ! Le coquin. Nous n'avons rien vu, s'exclama Lisandra en riant.

Ainsi Rose et Tonin s'écrivaient. Décidément les deux familles se liaient de plus en plus.

21
Les retrouvailles

« Le bonheur est souvent la seule chose
qu'on puisse donner sans l'avoir
et c'est en le donnant qu'on l'acquiert. »
Voltaire

Au mois de septembre, les armées remontèrent la vallée du Rhône. Ils libérèrent Saint-Étienne, puis Lyon, Mâcon et les grandes villes de la Bourgogne.

Ces succès, la première division du général de Lattre les devait à la composition de son effectif. En incorporant les éléments issus des FFI, le général tripla quasiment son effectif. Ainsi mi-septembre, ils effectuèrent la jonction avec l'Armée venant de Normandie.

Les Varois suivaient aux actualités la progression des troupes. Mais il était difficile d'avoir des nouvelles des combattants eux-mêmes. Seules les mauvaises nouvelles étaient nominatives. Ils se rassuraient en se répétant l'adage « pas de nouvelles, bonnes nouvelles ».

En octobre, ils prirent part à la bataille des Vosges et devancèrent toutes les armées alliées en parvenant au bord du Rhin fin novembre. De là, Mulhouse et Belfort furent libérées.

Malheureusement, les Allemands n'avaient pas dit leur dernier mot et la contre-attaque de décembre obligea les Alliés à stopper leur avance. Eisenhower, pour les

Américains, s'opposa au Général de Gaulle, l'un voulant se replier tandis que pour l'autre, il n'était pas question de laisser les Allemands reprendre l'Alsace. Les généraux, sur le terrain, s'entendirent pour ne se retirer qu'en cas de nécessité absolue.

À Salernes comme à Toulon, on passa les fêtes de fin d'année à commenter ces atermoiements, scandalisés par les hésitations du président américain. Lorsqu'en janvier, les deux chefs se mirent enfin d'accord, la première division avait essuyé de lourdes pertes en défendant Strasbourg. Chaque jour, la gendarmerie affichait la liste des morts pour la France. Chaque jour, Vittori à Salernes, Lisabeu à La Crau et Fiora à Corte se rendaient à la gendarmerie en compagnie de nombre de mères et d'épouses. La lecture de la liste était un moment douloureux. Les yeux se portaient tout de suite vers la zone de l'alphabet correspondant au nom du soldat attendu. Certaines se figeaient d'horreur en le découvrant, d'autres relisaient fébrilement trois fois la liste avant de s'éloigner pour manifester leur joie.

En février, le général de Lattre vit ses unités augmentées de quatre divisions américaines, devenant le seul général français à commander des forces alliées. D'ailleurs, ces victoires semèrent la panique à Sigmaringen, où le gouvernement de Vichy s'était exilé. Laval et ses compagnons envisagèrent de fuir, ce qui n'eut pour effet que de faire accélérer l'avancée des alliés. Défiant les consignes américaines, de Lattre obéit à de Gaulle et déborda la ligne Siegfried, prenant ainsi Stuttgart et Karlsruhe.

En arrivant plus avant en Allemagne courant avril, les alliés découvrir les premiers camps de prisonniers. Même s'il s'agissait des camps d'extermination réservés aux Juifs, les images alarmantes diffusées par la presse terrorisèrent Lisandra.

Elle imaginait déjà Uguet, amaigri, hagard, voire torturé. Louis et Eugénie, bien qu'inquiets eux-mêmes, déployèrent toute l'énergie possible pour la raisonner.

Lorsque le huit mai, l'armistice fut signé entre les alliés, l'Allemagne, le Var comme la Corse et le reste de la France, ils exultèrent. Enfin, c'était officiellement fini !

Bon nombre de soldats furent petit à petit démobilisés et regagnèrent leur foyer. À Salernes, on attendait Tonin, à Corte, c'était Piero qui manquait encore, à La Crau, Lucas était attendu et à Toulon, Uguet était toujours manquant. Lisandra, face aux images des camps, était désespérée. Elle était sans nouvelles de son mari depuis juillet 44, presque un an ! Puis elle apprit que des camps de travailleurs comme celui d'Uguet avaient été libérés le trente mars. Ça faisait deux mois ! Où était-il ? Son époux était-il parmi les prisonniers trouvés là-bas ?

Enfin en juin, on annonça la découverte, au cœur de l'Allemagne, au Nord de Francfort, du stalag IX-A à Liegenhein. Le village était minuscule par rapport aux camps, un des plus grands avec ses quarante-sept hectares abritant jusqu'à cinquante mille hommes. Lorsque les troupes alliées arrivèrent, il en restait trente-sept mille.

La première division fut chargée de trier les prisonniers en fonction de leur état de santé. Il y avait ceux qui pouvaient être rapatriés et rentrer chez eux directement. Ensuite, ceux qui avaient besoin d'être soignés légèrement ou simplement nourris correctement quelques jours avant de repartir vers leur foyer. Enfin venaient les cas les plus délicats, les blessés graves, les malades parfois intransportables, ceux qui souffraient de séquelles de malnutrition sévère. Ceux-là avaient été dirigés vers les hôpitaux de campagne dans l'espoir de les tirer d'affaire.

Tonin et Piero, sachant écrire et compter, furent affectés à la tâche longue et fastidieuse de l'enregistrement des hommes libérés. Ils faisaient la queue. Arrivés devant eux, ils déclinaient leur identité, puis ils passaient devant le médecin.

Ce matin-là, il pleuvait. La file finissait dehors sous la pluie et les prisonniers qui arrivaient devant Tonin étaient trempés.

— Nom, prénom, adresse civile, demanda-t-il pour la énième fois sans même lever la tête.

— Jauffred, Hughes

Dès la première syllabe, la voix lui avait fait relever les yeux vers le pauvre bougre qui lui faisait face, hagard. Il était vêtu d'un pantalon de toile foncée trop court et d'une veste kaki de soldat beaucoup trop large pour son corps malingre. Le visage mangé par la barbe, les yeux perdus dans un monde intérieur lointain, Tonin peinait à reconnaître son oncle.

— Oncle Uguet, articula-t-il à voix presque basse.

Le regard flou se figea. Le visage se concentra puis s'éclaira.

— Tonin ? Le ton était incrédule.

Ici, au fond de l'Allemagne, après quatre années loin des siens, il n'en croyait pas ses yeux. Tonin remplit le cahier avec les coordonnées de son oncle à Toulon. C'est à Lisandra et Louis qu'il devait être rendu en premier. Tant pis pour Mame Vittori, elle attendrait un peu plus. Dans la colonne rapatriement, il porta la mention « urgent », habituellement réservée aux cas particuliers avérés après investigation. *Au diable le règlement !* se dit Tonin. La priorité, c'était oncle Uguet.

Il fut donc aussitôt dirigé vers le groupe en partance pour la France. Le trajet retour fut extrêmement long vu l'état du réseau ferré après le passage des troupes alliées.

Tandis que Uguet traversait la France en ruines, apprenant par les jeunes femmes de la Croix-Rouge qui les accompagnaient, les pénuries, le rationnement, et tout ce qui faisait le quotidien des Français depuis cinq ans maintenant, à Toulon, Lisandra reçut un télégramme lui apprenant la libération de son mari du stalag IX-A et lui annonçant qu'il devait être rapatrié sous peu.

Passés les premiers instants de soulagement et de joie, elle considéra la phrase sans précision notifiant le retour de son époux « sous peu ».

— Elle est bien bonne, celle-là !

Louis qui arrivait de l'école de musique, son violon sous le bras, l'interrogea du regard.

— La Croix-Rouge m'annonce la Libération d'Uguet et son retour « sous peu ». C'est tout. Où ? Quand ? Comment ? Devine !

Lisandra exprimait son désarroi de ne pas savoir par un humour grinçant. Louis ne put même pas laisser paraître sa joie d'apprendre la bonne nouvelle, tellement sa mère sillonnait le séjour en tous sens en pérorant. Il la laissa faire quelques minutes avant d'y mettre un terme.

— Maman, stop !

Elle s'arrêta, interdite. Elle ne connaissait pas cette voix de stentor, ni cette autorité chez son discret et gentil petit Louis.

— Maman, tu devrais être heureuse, sauter de partout, embrasser tout le monde. Moi, c'est ce que j'ai envie de faire. Et je ne peux pas, parce que tu pleurniches sur une date. Ça fait cinq ans, maman, cinq ans ! Tu peux attendre quelques jours encore. Sois juste heureuse et appelle Mame et Pape. Je suis sûr que tu ne l'as pas fait.

Il s'arrêta, essoufflé, étonné de lui-même et confus d'avoir parlé ainsi à sa mère. Il allait ouvrir la bouche pour s'excuser quand Lisandra intervint.

— Merci, Louis. Tu as raison, dit-elle calmement.

Puis son visage s'éclaira, elle bondit vers son fils en tapant des mains, le saisit par les avant-bras et l'entraîna dans une folle sarabande à travers le salon en chantant « papa va revenir, Uguet est de retour, papa va revenir. »Louis riait aux éclats heureux, de retrouver sa mère comme il l'aimait et de savoir son père bientôt là.

Une fois toute la famille avertie, l'attente commença. La flûtiste se rendait tous les jours à la mairie et à la gendarmerie pour essayer de savoir quand arrivaient les prisonniers. Elle finit par apprendre qu'ils étaient renvoyés chez eux par train après avoir subi une quarantaine à Paris dans un centre de triage. Le terme la fit grimacer, ce n'était pas du bétail, tout de même ! D'après les cas précédents, le temps entre le télégramme et l'arrivée pouvait aller de deux à trois semaines dans le meilleur des cas.

Ils prirent donc leur mal en patience. Le mois de juin passa. Les cours de Louis n'allaient pas tarder à finir. Il avait réussi ses examens haut la main. Il avait aussitôt pris rendez-vous avec l'école Sainte-Marie à La Seyne qui lui avait proposé un poste. Le lundi deux juillet, il revint triomphalement de son entretien avec le directeur. Il avait son premier poste de professeur de musique dès la rentrée 45, auprès des élèves de sixième à la troisième, soit huit classes de plus de trente-cinq élèves, que des garçons.

La famille fêta l'événement modérément, se réservant pour le retour d'Uguet.

Eugénie travaillait toujours avec Armand. Les soldats et les prisonniers revenaient peu à peu, reprenaient leurs habitudes, dont celle de jouer quelques notes le soir en famille ou entre amis. Ainsi les instruments délaissés pendant cinq ans avaient besoin d'être réaccordés. La clientèle revenait donc peu à peu fréquenter la boutique, découvrant l'apprentie en poste. Eugénie, son franc sourire, son léger accent corse et ses compétences incomparables en musique furent rapidement adoptés par tous.

Julien travaillait comme ingénieur des techniques navales auprès de l'atelier de soutien de la flotte dans l'arsenal en plein travaux de reconstruction. Mercredi quatre juillet, il passa au secrétariat prendre son courrier comme tous les matins, avant de se rendre sur les chantiers de remise en état des navires.

— Monsieur Mesnard, interpella la secrétaire, ce n'est pas vous qui êtes de la famille de la musicienne Lisandra Jauffred ?

— C'est la tante de ma fiancée. Pourquoi ?

— Son mari est sur la liste des rapatriés qui arrive vendredi.

Julien, en un bond, fut aux côtés de la secrétaire et scruta la liste qu'elle tenait à la main. Il lui en réclama une copie, qu'il récupéra le soir en sortant. Tous les soirs avant de prendre le tramway pour le Mourillon, il passait place Puget. Il restait un bon moment avec Eugénie et Louis quand Lisandra était à l'opéra. La saison était close et ce soir-là, ils étaient présents tous les trois. Après avoir salué tout le monde, Eugénie remarqua son air tout frétillant.

— Toi, tu as quelque chose à annoncer.

Il sortit le papier de sa poche, le déplia cérémonieusement, le posa sur la table de la cuisine devant Lisandra et posa son doigt sur une ligne au milieu du texte.

Lisandra y porta les yeux, Louis et Eugénie par-dessus ses épaules en firent autant.

Jauffred Hughes – numéro 94112 - 17 h 38

— C'est quoi ? demanda Louis.

— C'est l'heure de quoi ? fit Eugénie en écho.

Lisandra, qui avait lu le paragraphe au-dessus, pleurait toutes les larmes de son corps. Les deux jeunes reprirent alors la feuille et lurent.

« Un convoi déposera en gare de Toulon vendredi 6 juillet 1945 les prisonniers libérés suivant selon les horaires en regard »

Donc, Uguet serait à Toulon dans deux jours à dix-sept heures trente-huit. Le sol de la cuisine connut alors la plus folle ronde de son histoire. Lisandra, Louis, Eugénie et Julien, se tenant par la main, improvisèrent une danse de la libération autour de la table en chantant à tue-tête.

Ils riaient, pleuraient, s'embrassaient tout à la fois.

Pendant ce temps Uguet attendait le jour de son train au dépôt en banlieue parisienne. Ses pensées allaient sans cesse vers le Var. Comment allait-il retrouver les siens ? Il entendait tellement de choses. Des épouses parties, remariées, des enfants qui ne reconnaissaient pas leur père, des entreprises ruinées, détruites par les bombardements… Malgré les courriers de Lisandra et Vittori, il doutait. Et si elles avaient menti pour ne pas le démoraliser ? Si Lisandra avait quelqu'un d'autre ? Si l'usine de tomettes était détruite ? À force de si, il s'assombrissait de jour en jour. Lorsqu'il monta dans le train le vendredi matin, il était mort de peur à l'idée des retrouvailles.

À Toulon, la famille était en ébullition. Lisandra fut incapable d'avaler quoi que ce soit au déjeuner. Elle arpenta l'appartement tout l'après-midi. À dix-sept heures, elle n'y tint plus et emmena tout le monde à la gare. Il y avait déjà plusieurs familles et au fil des minutes, la foule augmenta. À dix-sept heures trente-cinq, le train fut annoncé. Les familles se pressèrent sur le quai, au risque de tomber sur les voies. Le grondement de la locomotive se fit entendre et le chauffeur actionna vigoureusement son klaxon.

Dans le wagon d'Uguet, il restait deux autres hommes. Ils étaient chacun perdus dans leurs pensées. Depuis qu'il avait aperçu le fort sur la colline de Six-Fours, il ne tenait plus en place. À La Seyne, il s'était levé, s'était posté près d'une porte. Il regardait défiler lentement ces quartiers connus, qui semblaient avoir tant souffert. Il se rendait compte que Lisandra avait minimisé les conséquences de la guerre dans ses courriers pour ne pas l'inquiéter. Tonin, en Allemagne, lui avait assuré que, à son départ de Toulon en septembre 44, tout le monde était vivant. Cela faisait presque un an, qu'en était-il aujourd'hui ?

Le train longeait le quai noir de monde. Certains s'étaient mis à la fenêtre et furent reconnus. D'autres, sans attendre l'arrêt, avaient ouvert les portes et sauté à hauteur des leurs. Uguet cherchait du regard sa femme, car il n'était pas sûr de reconnaître son fils. Il finit par ouvrir la porte, qui gênait sa vue. Il se pencha au maximum. Tout à coup, Louis agrippa le bras de sa mère et hurla « Papa ! Papa ! »Lisandra suivit le doigt pointé de son fils et découvrit Uguet accroché à la portière du wagon.

Le train s'arrêta à une dizaine de mètres d'eux. Mais le mouvement de foule les empêcha de le rejoindre et Uguet, poussé par les autres, fut obligé de quitter son poste d'observation. Lisandra, mue par un instinct sauvage, jouait des coudes sans ménagement, suivie de près par Louis. Le reste de la famille avait jugé plus sage d'attendre à l'extérieur.

Après quelques minutes, qui leur parurent durer des heures, ils arrivèrent à rejoindre Uguet. Il était toujours vêtu de son pantalon trop court et de sa veste trop large et serrait contre lui un grand sac en papier, qui avait visiblement connu beaucoup de choses. Ses cheveux hirsutes avaient tourné au gris, il était tout maigre, mais son sourire lorsqu'il découvrit Lisandra à ses côtés effaça les stigmates de cinq ans de dur labeur dans le stalag IX-A. Ils s'étreignaient, se regardaient, s'étreignaient de nouveau. Uguet ne quittait sa femme des yeux que pour admirer son fils. Il avait quitté un adolescent malingre tout en membres, il retrouvait un jeune homme bel et bien fait, au regard direct et sûr de lui.

Ils reprirent conscience d'être ballottés par la foule qui les entourait. Lisandra regarda Uguet droit dans les yeux et lui demanda :

— Ils sont tous dehors pour t'accueillir. Tu te sens de le faire ou on s'éclipse et Louis leur explique ?

Il respira profondément et décida.

— On y va, ça fait cinq ans qu'ils s'inquiètent. On a toute la vie pour être tous les trois.

— Au fait, c'est quoi ce paquet que tu tiens si précieusement ? interrogea Louis.

Uguet parut réaliser qu'il avait effectivement un sac avec lui.

— Vous n'allez pas me croire. C'est extraordinaire que je ne l'aie pas perdu. C'est le catalogue de tomettes et les commandes. J'ai tout perdu dans mes pérégrinations sauf ça !

Il rit et Lisandra et Louis rirent avec lui. Ce fut la première image que la famille Jauffred, réunie sur le parvis de la gare, eut du retour d'Uguet.

Épilogue

Il était presque deux heures du matin. Louis entendait ses parents chuchoter dans la chambre voisine. Ils avaient tant à se dire.

Il ferma les yeux et laissa son esprit vagabonder. Il repensa à cette soirée. Madame Mesnard avait accueilli toute la famille chez elle. Il n'était pas question de faire autrement sans la froisser. Chacun voulait avoir Uguet pour lui et il réclama vite un peu de calme. Alors chacun lui expliqua à son tour son parcours pendant son absence.

Eugénie présenta Julien et annonça qu'il fallait qu'ils se marient cet été. Tout le monde comprit à demi-mot.

Uguet raconta qu'au stalag, il avait un copain qui s'appelait Julien lui aussi, un Parisien, imprimeur. Il avait deux garçons et ne connaissait quasiment pas le dernier, né en juillet 39. Il avait noté son adresse pour se revoir d'ici quelques mois, quand le calme serait revenu.

La soirée fut agréable, puis chacun s'était retiré et ils étaient rentrés. Bertoun avait gardé le catalogue de tomettes.

Louis se détendait peu à peu, basculant vers le sommeil. Une image se présenta alors à sa mémoire. Ils étaient sur le parvis de la gare. Son père embrassait en pleurant Vittori et Bertoun, ses parents venus de Salernes. Ému par la scène, il avait pudiquement tourné la tête. De partout, des embrassades identiques se produisaient. À quelques mètres, une femme sortit de la gare au bras d'un homme, son mari certainement. Son visage s'éclaira quand il entendit appeler

« papa ». Louis suivit le regard du couple. Une jeune fille d'une vingtaine d'années aux cheveux châtains chatoyant dans le soleil rejoignait le couple en souriant. Le père l'accueillit en criant : « Hélène ».

Annexes

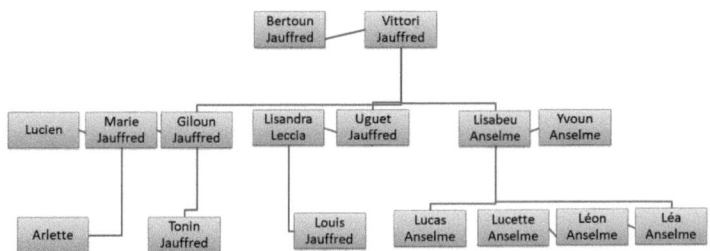

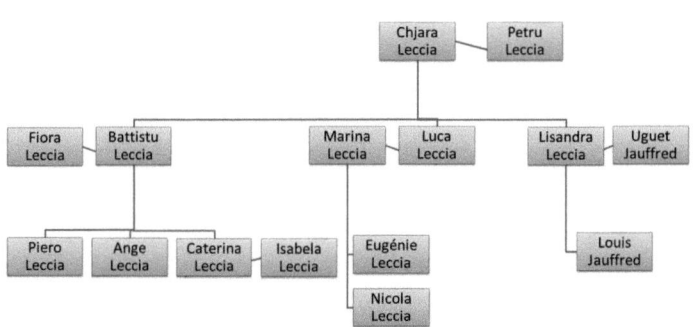

Vous avez aimé votre lecture ?
Découvrez les autres romans des éditions So Romance
disponibles en format papier et numérique.

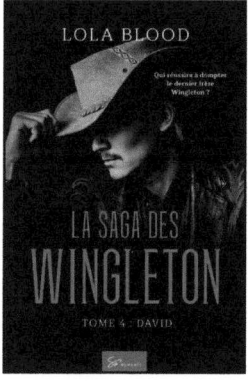

La Saga des Wingleton
Tome 4 : David
David est le plus jeune frère des Wingleton, et le plus attaché au domaine familial : il est le responsable du haras de la famille. Au tempérament aussi fougueux que celui des chevaux qu'il dresse, David est bien déterminé à continuer à profiter de la vie, et des relations d'un instant. Jusqu'à ce qu'il croise la route d'une jeune Andalouse au caractère bien trempé...

Chardon bleu
Tome 1 : Regarde-moi
Éliza est une jeune femme partagée entre son métier d'éducatrice, son conjoint Nathan, et sa fille de 3 ans. Elle mène une vie bien rangée et orchestrée, parfois trop. Un soir, en route pour son cours de zumba, elle se retrouve au mauvais endroit, au mauvais moment : elle croise la route d'un groupe d'hommes armés en lutte contre un forcené. Elle réchappe de cette altercation mouvementée grâce au mystérieux Silver, le chef du groupuscule. Pour la soumettre au silence sur cette affaire top secrète, il la soustrait à sa vie, durant un mois.

You. Always.
Tome 1 : Dans ma peau
Emma et Mathieu s'aiment depuis toujours, sans jamais se l'avouer. Tous les deux remplis d'ambition, ils tracent leur route sans jamais se donner une chance. Lorsqu'Emma le croise par hasard dans les escaliers d'un hôtel londonien, ils mettent leur vie en pause et s'accordent un week-end pour tenter leur chance. La saisiront-ils ? Leur amour est-il assez fort pour vaincre les surprises que la vie leur réserve ?.

Mi-figue Mi-raison
Tome 1 : Quand la raison est plus forte
Emilie est indépendante et forte. L'amour n'a pour elle qu'une consonance tendre et hasardeuse. La cigarette, l'alcool, la fête, le travail, la vie de femme libre... Tout ça est bien plus ancré dans sa réalité que n'importe quoi d'autre. Mais un jour Emilie rencontre Sam. Beau, ténébreux au possible, qui ne boit pas, ne fume pas et ne commet aucun excès sauf celui d'être exagérément séduisant. Leur rencontre va tout changer en Emilie. Et peut-être en Sam aussi…

Pour en savoir plus
www.soromance.com

Éditions So Romance
159 avenue de la Couronne
1050, Bruxelles
www.soromance.com

D/2020/14.771/47
ISBN : 9782390451938

Maquette de couverture : Philippe Dieu
Photo : © Ironika / Shutterstock